다이어트,
진리는
정신개조

엄윤선 · 서성호 그림

김주원 지음

SNOWFOX

"빠질까?"보다

"빠진다!"라는

자신의 몸에 대한 믿음 그리고 약속이

최고의 다이어트 비법이야.

다이어트라는 긴 여정 동안

너를 위해 지킬 수 있는

10가지 약속을 적어 보는 건 어떨까?

1 _____

2 _____

3 _____

4 _____

5 _____

6 _____

7 _____

8 _____

9 _____

10 _____

나는 딱히 되고 싶은 게 없었다

나는 하고 싶은 일, 되고 싶은 게 없었다.

'살 한번 빼 보고 죽지 뭐. 죽기 전에 날씬해지자'

내 꿈은 '보통 사람' 같은 몸을 만드는 것, 그것뿐이었다.

남들이 봤을 땐 이상하고 같잖은 꿈일지 몰라도 그 하찮은 꿈은

나를 살게 만들었다. 아마도 그때 처음으로 꿈이라는 걸 가졌던

것 같다.

그제야 미친듯 나는 다이어트에 내 인생 모두를 걸었다.

미치지 않으면 어느 것도 성공할 수 없으니까.

그리고 나는 결국 해.냈.다.

104kg에서 표준체중인 62.8kg까지 40kg 이상을 감량하는 데 걸린 시간 2년 반. 체지방 10%에 진입해야 보인다는 복근을 만나는 데 걸린 시간 3년.

5년 동안 총 50kg 감량, 현재 54kg.

다이어트 유지 7년 차.

평균 근처에도 못 가 본 밑바닥의 삶.

100kg이 넘는 몸, 열등감으로 가득 차 스스로 만든 감옥에서

세상과 단절하고 원망만 했던 내가,

죽을 용기도 없으면서 죽고 싶다는 생각만 달고 살던 내가,

다이어트 기간을 겪으면서 처음으로 세상은 아직 살 만하다고 느꼈다.

다이어트! 의지가 없어서 매번 실패한다고들 한다.

하지만 부족할 수밖에 없다.

우린 신(神)이 아니다.

살을 뺀 지금의 나도 여전히 운동하기 싫은 마음과 하루하루 싸우고, 식탐의 노예라 밤마다 야식 참자고 외치는 다이어터들과 똑같은, 옆집 언니다.

다이어트는 혼자서 컨트롤하기 어려워 실패가 잦다. 그래서 조

언을 구하는 사람이 많다. 그렇다면, '어떻게 해야 실패해도 다시 일어나서 시작할 수 있을까?' 방향을 알려 주고 싶었다.

다이어트 기간 동안 너무 하기 싫을 때 내가 이 정도도 근성이 없으면 뭘 할 수 있을까를 생각했다. '스펙도 뭣도 없는 내가 이 것도 못해?'라고 자신을 채찍질했다. 이것만 이겨 내면 다른 상황이 와도 뭐든 할 수 있다는 희망을 붙잡고 늘어지곤 했다.

다이어트 할 때 가장 중요한 것은 정신, 다시 말해 마음의 자세나 태도를 달리해야 성공할 수 있다. 다이어트 도중 폭식을 해 버렸다면 '나는 왜 이렇게 식탐 하나 못 이겨 내지? 이래서 나는 안 돼'가 아니라 '앞으로 어떻게 해야 할까, 내가 어떤 상태일 때 폭식을 하게 되는 걸까?'를 반드시 진지하게 생각해 봐야 한다. '아, 나는 심심하고 외로우면 많이 먹는 것 같아. 그렇다면 나는 언제 외롭지? 아하! 그러고 보니 나를 외롭게 하는 사람과 있으면 교감이 안 되니까 먹게 되는구나. 그렇다면 뭔가를 먹지 않아도 자연스럽게 이야기를 나눌 수 있는 사람을 만나야겠구나' 하고 말이다.
날씬한 몸매만을 위해서보다 내 몸과 마음이 건강해야 앞으로

남은 인생을 행복하게 잘살 수 있을 테니까.

50kg을 빼면서 제대로 된 운동 동작이 되지 않는 내가 답답하고 싫어서 주저앉아 울기도 했고, 너무 힘들어서 다 포기하고 싶은 적도 많았다. 뚱뚱한 나에게 상처 주는 사람들도 있었으니까.
하지만 나를 응원해 주는 소중한 가족과 내 곁에서 지금까지 함께해 준 친구들의 응원에 힘을 낼 수 있었다.

이 힘든 시간을 겪고 나서 확실하게 말할 수 있는 건, "다이어트, 할 만하다"라는 것이다.
안 빠지는 살은 없고 아름답지 않은 여자는 없다는 거다. 중간에 포기하느냐 내 몸을 믿고 끝까지 가느냐의 차이만 있을 뿐.

지금 내 인생은 완전히 달라졌다. 처음으로 뭔가를 기대하며 가슴이 뛰고 나 자신을 사랑할 줄 알게 되었다.
꿈도 생겼다.
많은 사람에게 희망을 주는 좋은 트레이너가 되리라는 꿈이다. 그 꿈을 가슴 가득 품고 33만 원과 짐 가방 하나 들고 서울로 온 나.

꿈이 있기에 포기하지 않고 치열하게 달릴 수 있었다. '다이어트로 누군가의 인생을 긍정적으로 바꿀 수 있도록 도움을 주고 싶다'는 그 꿈으로.

그러고 나서 꿈은 점점 더 커졌다.
내 이름으로 책을 내는 꿈, 센터를 오픈하는 꿈.
그렇다. 현재 나는 이 꿈을 모두 이뤘다.
하지만 지금도 나는 계속 더 큰 꿈을 꾸고 있다.

혹시라도 예전의 나처럼 사는 게 지치고 힘든 사람이 있다면 나를 통해 용기를 냈으면 좋겠다. 그렇게만 될 수 있다면 나는 너무 행복할 것 같다.
언제 죽을지 모르는 인생, 눈감기 전에 '아! 후회 없는 인생을 살았구나'하고 느끼게 하고 싶다.

당신도 그랬으면….
나보다 행복해졌으면….
내가 응원하는 당신이, 스스로를 함부로 대하지 말았으면….

운동 생초보 병아리 다이어터, 당신에게 말해 주고 싶다.

너는 지금도 사랑받아 마땅하다고….

가만히 두면 아무도 알아보지 못하고 별 볼일 없어 보이지만 정
성 들여 갈고닦으면 세상 그 무엇보다 빛나는 값진 보석, 다이아
몬드처럼 반짝반짝한 사람이 될 수 있다고.
아름답게 빛나는 내 모습,
죽을 때까지 빛 한 번 못 보고 묻어 놓는 건
너무 아깝지 않겠느냐고 말이다.

Contents

PART 3　다이어트 하면서 가장 위험한 이놈의, 짜증 이겨 버려!

PART 4　여자로 태어나서 우리도 여리여리하게 좀 살아보자

PART 5 표준 이상의 비만한 병아리들에게 해 주고 싶은 이야기

PART 6 운동 편

Epilogue

매번 포기만 해 왔던
다이어트,
무서워하지 말고 천천히 나랑 같이 가자.

대한민국 모든 다이어터가 웃는 날까지
:D

PART 1

그냥
지금부터
이뻐지는 거야!

다이어트

10가지 진리

남들과 비교하지 마라.

포기할 건 과감히 포기해라.

남이 주는 음식을 먹지 마라.

한 숟갈 더 먹고 싶을 때 멈춰라.

다이어트는 긴 모험을 떠나는 것이다.

몸이 네 스스로를 포기하게 만들지 마라.

몸은 정직해서 노력한 만큼 결과를 가져다준다.

너는 세상에 하나밖에 없는 고귀하고 특별한 존재다.

다이어트는 끝이 있지만 절제된 생활은 평생의 습관이다.

나 자신을 컨트롤 할 수 있는 것으로부터 모든 인내가 시작된다.

동일 인물 맞아?

같은 사람
같은 색 배열
청바지 흰 티의
다른 느낌

Story

다이어트 성공하면
뭐가 달라지는데?

1. 운동에 재미를 붙이고 나도 모르게 운동하는 나를 발견하게 된다.
'오늘은 스쿼트를 몇 개 해야겠다'처럼 자발적인 계획을 세우게
된다.

2. 생활 속에서 움직이는 나를 발견하게 된다.
누가 물을 쏟았을 때도 "괜찮아?"라고 말만 던지던 사람에서
'걸레 어디 있지?'라고 외치는 스피드 걸로 바뀌게 된다.

3. 몸이 가벼워 뛰는 일이 잦아진다.
늦잠을 자도 버스나 신호등을 놓치지 않아서 좋다. 고로 지각이
줄어든다.

"이제서야
나의 미모를
알아보다니."

4. 외모에 자신감이 생긴다.

사진 찍을 때 두렵지 않게 되었고, 예뻐졌다는 소리를 자주 듣게 된다. 지인들에게 소개팅도 자주 들어온다.

5. 옷을 마음껏 입을 수 있다.

스키니, 탱크탑 등 사이즈 때문에 포기했던 모든 옷을 입을 수 있다. 지겨운 검정 옷, 안 입어도 된다.

음식 때문에 모든 걸 버릴 순 없잖아

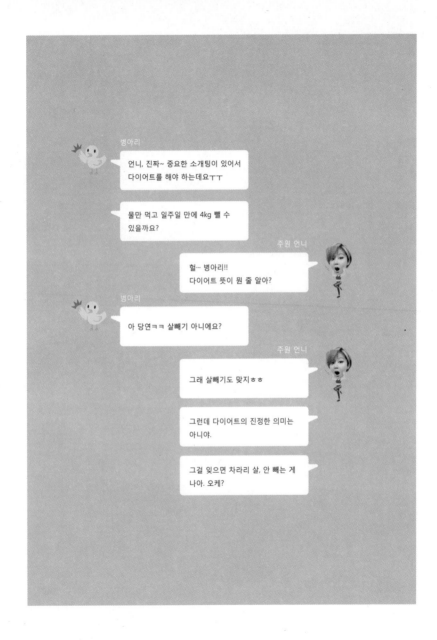

다이어트,
뜻도 모르면
시작도 하지 마!

다이어트(diet)

[명사] 음식 조절.

체중을 줄이거나 ___체력___의 증진을 위하여

제한된 식사를 하는 것을 이른다.

다이어트, 건강을 위해 하고 있니?

이 의미대로 하고 있지 않다면

다이어트 성공은 꿈꾸지도 마!!

지방 속에는 멋진 내가 있다

나는 다이어트 한다.
고로 건강하다?!

다이어트를 하는데 다이어트라는 말이 어떻게 유래되었는지는 알고 시작해야겠지? 다이어트(diet)라는 말은 그리스어 디아이타 (diaita)에서 유래했어.

영어로는 Life Style. 다시 말해 건강한 생활 방식을 말해. 처음에는 오래 살 수 있도록 건강을 유지하는 모든 활동을 포함한 의미였어. 의학의 아버지인 히포크라테스는 적지도 많지도 않은 음식과 운동은 건강을 위한 가장 훌륭한 처방이라며 건강한 생활 습관을 강조했어.

특히, 식사 후 걷기를 최고의 운동으로 여기기도 했어. 결국 다이어트는 건강한 몸, 균형 잡힌 식사, 건전한 정신까지를 모두 포함

한다고 할 수 있지.

디아이타라는 그리스어는 라틴어로 디아에타(diaeta). 고대 프랑
스어로는 디에떼(diete). 13세기 영어에서부터 다이어트(diet)로 쓰
이기 시작했어.

지금처럼 다이어트라고 불린 건 13세기부터지만 14세기부터 제
한이라는 의미가 조금씩 포함되었지. 체중을 줄이기 위해 음식
을 먹지 않는 것은 그리 오래되지 않은 이야기야.

그 배경에는 날씬한 몸을 미의 기준처럼 여기는 분위기가 만들
어졌기 때문인데, 이 분위기는 사회적, 정치적 배경에 더해 미디
어의 발달로 인해 확장됐어.

제1차 세계대전 이후부터 본격적으로 날씬함의 시대가 되었다
고 보는 견해도 있어.

전쟁 때문에 소년의 수가 감소하면서, 여자들이 가슴을 납작하
게 눌러 소년처럼 보이려 한 게 유행했기 때문이야. 게다가 '뚱
뚱한 것은 미의 윤리에 위배되는 용서할 수 없는 범죄'라는 정치
선전까지 더해진 탓이지.

나랑 같이 타이트하게 관리해보자

아무튼 여기서 핵심은 다이어트의 어원인 디아이타처럼 다이어트가 정신적으로, 육체적으로 건강한 생활 방식을 유지해야 한다는 거야!

자신의 건강 상태와 환경에 맞춰 적지도, 많지도 않은 음식과 운동으로 건강한 습관을 만들어야 해. 잘못된 습관은 고치고, 좋은 습관은 키우고!

건강한 다이어트는
결국
몸을 건강하게 만든다는
의미로
인식해야 하는 거지!

내일은 더 힘들 것이고
1년 뒤에는 지금보다 더
개고생해야 할 걸

누누히 말하지만
모든 병아리들이여,
긴장하자!

몸이 예전 같은 줄 알고
먹어도 살 안 찌는 줄 알고
며칠 조절하면
금방 빠질 거라는 착각 속에
'내일부터'를 외친 동안

네 주위의 그녀들은

수많은 모욕을 곱씹으며

하루가

다르게

날씬해지고 있어.

더 싫은 건

날씬한 애들도

원래보다 더 슬림해지고 있다는 거!!

"쉔장!!

무서운 것들"

오늘이 마지막인 것처럼,
바로 지금 시작해

우린 더 이상 스무 살이 아니라서 예전처럼 좀 덜 먹는다고, 운동 좀 한다고 절대 살 안 빠져.

식단+운동 다 해야 빠질까 말까 해. 오늘 먹는 달콤한 케이크 한 조각 하나 때문에 보름은 개고생해야 빠질까 말까 한다는 걸 잘 알아 둬.

하루라도 젊은 날, 한 살이라도 어릴 때, 그때 관리해야 조금이라도 빨리 빠진다는 걸 말이야.

그게 바로 지금인 거야.

하루라도 젊은 바로 오늘 당장 몸을 일으켜 뭐라도 해.

살아 있으니 움직여야지.

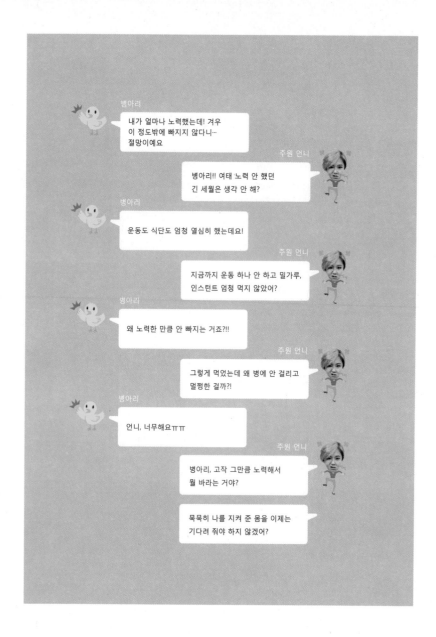

김칫국 좀
마시지 마

근력 운동해서
근육 생기면 어떡하지?

편의점 알바 시작했다!!
나 갑부 되면 어떡하지?

한 달간 운동 진짜 열심히 했는데
살이 왜 안 빠져!!?

취직한 지 한 달이나 됐는데

하체 비만의 최대 적, 짠 음식 줄이자!

왜 승진을 안 시켜 주는 거야!

왜! 왜!

전보다 더 열심히 하는데 왜 살이 안 빠지는 거야!!!

급하다,

급해.

백 년은 이른 생각

모든 게 다 내가 만들어 낸 생각

생각한다고 달라질 거 하나 없고

우울함만 불러일으키는 위험한 생각

너 대체
얼마나 했니…?

다이어트,
단기간에 빼려 하니까 실패하지

단기간에 '나는 할 수 있다'라는 근자감이 가장 위험해.

차라리 요요가 온 걸 감사하게 생각하라고 말하고 싶어.

요요가 오면 살을 다시 빼면 돼. 오히려 단기간에 살을 뺄 수 있다는 생각 자체가 말이 되지 않아.

4개월에 40kg을 뺀 친구가 있어. 그 친구는 몇 년간 유지했어. 처음에는 가까이 있던 나와 비교가 되곤 했지.

하지만 인생은 멀리서 보면 희극, 가까이서 보면 비극이라는 말도 있지 않잖아?

가까이서 보면 그런 사람들은 다이어트 지옥에 살고 있는 거야.

신체의 흐름을 거스르고 억지로 살을 빼면 부작용이 오기 마련이야. 식이 장애, 약물중독, 먹고 토하는 거식증….
온통 살에 매여 있는 삶을 살게 되는 거지.
조금만 먹어도 죄책감에 몸부림치고, 삶이 행복하지 않는 문제가 있는 삶을 살게 되는거야. 명심해! 무리한 다이어트를 하면 안 돼.

에휴, 말해 봐야 뭐해. 입만 아프지.

뇌를 속일 수 있는 만큼 식단 관리는 조금조금 야금야금 해야 하는 거야. '밀가루를 조금 줄여 볼까, 카페모카를 아메리카노로 바꿔 볼까, 과자를 견과류로 바꿔 먹어 볼까' 이렇게 말야!
오늘부터 다이어트 일기를 써 봐. 매일 무엇을 먹었는지 적어도 보고.

"잘 들어 봐 봐!
병아리!!"

Tip 다이어트 일기를 작성해

계획도 미리 다 해 놓고 이번 주에 지킬 식단, 먹은 물 양 등 세 세히 체크해.

다이어트를 하면서 목표도 있어야겠지?

표준체중 만들기, 일반 옷 입어 보기 같은 목표들을 적어. 매일 얼마나 운동했는지도 자세히 적기.

뭐가 잘못됐는지 나 자신이 확실히 인지를 해야 다이어트에 성 공할 수 있어.

'나는 안 돼'

'나도 될까?'

해 보기 전까지는 어떤 말도 하지 마. 무조건 믿어.

주말 내내 먹으면 일주일 내내 고생이야

첫인상을
자기관리 못 한
뚱뚱한 여자로
보이게 할 거야?

기억하자.

주변 사람 눈에는

나의 내면을
알고 이해해 주니까
괜찮아 보이고
좋은 여자로 생각될지 몰라도

처음 보는 사람 눈에는

"그저 뚱땡이로
보인다는···"

그냥
자기관리 안 되는
뚱뚱한 여자로밖에
안 보인다는 거

네 전신사진에
깜놀한 적 없어?

어쩌다 찍힌 내 모습에 화들짝 놀란 적 있니? 나는 어찌나 놀랐던지 그냥 찢어 버린 적이 있어. 다리까지 전신이 나온 뒷모습 사진을 찍고는 나도 경악할 때가 많아. 사진을 보면서 다짐했지. '아… 아직 멀었구나. 진짜 엄청 더 노력해야겠구나'라고.

예쁘게 메이크업 한 얼굴만 들여다 보지 말고 전신사진 한 장 찍어 걸어 놓고 스스로 냉정하게 판단하자.
사람은 자기가 보고 싶은 것만 보고, 듣고 싶은 것만 들으니까 말이야. 한 번 태어난 인생, 날씬한 몸으로 워너비 모델처럼 사진을 남겨 보고 싶지 않아?

나는 그랬거든. 내가 좋아하는 모델과 비슷한 옷을 입고 찍고 싶은 포즈가 있었어.

이제 누가 봐도 어느 각도에서 봐도 멋지고 자랑하고 싶은 여자가 되자. 노력하지 않고는 절대 가질 수 없는 것 말이야. 날씬한 워너비 몸매, 노력해서 그 까짓거, 가져 보자!
팔다리가 짧아 슬픈, 지극히 평범함 동양인 체형인 나는 타고난 비율을 가진 애들보다 두 배로 노력해야만 했어.

까짓거 노력해 버려. 운동만큼 정직한 게 없거든.

그래
까짓거
노력하고 만다!
꼭
갖고 만다!!

불금이고 불토고 나발이고
그냥 지금부터

다이어트 할 때 불금 따위는 잊어
일요일 빼고는
운동을 안 할 이유 같은 거 없어

오늘 운동 안 하면
내일은 더 하기 싫을 거 뻔하고
그다음 날은
운동하기 더 힘들어지니까

"그냥 오늘 하는 거야···
         그게 답이거든."

운동,
그냥 오늘
시작해

내일보다는 오늘 젊잖아.
하루라도 더 젊고 예쁜
바로 오늘

병아리들도 훨씬 더 예뻐질 수 있어

Story

놀고 싶은 그 마음 나도 잘 알지.
하지만 당분간은 잠시 내려놓는 게 어때?

직장인들은 이렇게 핑계를 대지. 평일은 바빠서 운동을 못한다고. 또 금토일은 피곤해서 쉬어야 한대. 휘트니스가 주말에 쉬는 이유가 뭔 줄 알아? 쉬는 날에는 사람들이 운동하러 나오지 않기 때문이야. 하지만 엄밀히 말해서 직장인들은 시간이 규칙적이기 때문에 다이어트를 더 잘할 수 있어.

못한다는 건 핑계야. 사실 시간이 많으면 더 안 하지. 안 하려고 하면 어떻게든 하지 않을 이유가 생기거든. 내 의지를 끊어서는 안 돼. 나도 회식 때 술이나 안주 안 먹는다고 욕도 먹고 그랬어. 치사하지? 때로는 유난 떤다는 말이 걱정되서 약 먹는다고 거짓

말도 해야 했어.

하얀 거짓말이라고 해야 할까?

'내가 다이어트 성공한 모습을 보여 주면 될 거야'

'지금 비난받는 거 다 갚을 수 있어'라고 속으로 다짐하며 버티
곤 했지.

이제 알겠어?

"눈치 보고
술 마시고 안주 먹다가는
이도저도 안 돼!"

다이어트에
성공하는 사람들의 습관

하나, **규칙적이다.**

정해진 틀 안에서 생활한다.

다이어트를 할 땐 약간의 강박이 필요하다.

둘, **자기만의 룰을 지킨다.**

눈 뜨자마자 스트레칭과 물 마시기

식사하고 디저트 절대 안 먹기

5층 이하의 건물은 계단을 이용하기

셋, 자기 자신에게 집중한다.

나는 곧 이뻐질거야, 나는 할 수 있어.

나는 꼭 성공하고 말 거야. 그리고 훨훨 날거야…

같은 자기 암시를 달고 산다.

넷, 주변 사람 의식을 하지 않는다.

회식 때, 안주니, 술이니, 안 먹는다고

눈치 주고 욕하는 상사는 거들떠보지 말자!

유난 떤다고 비아냥거리는 친구는 곧바로 절교하자!

다섯, 남들과 비교하지 않는다.

부모가 다르다. 고로 체형도 다르고

식성도 다르다. 삶도 다르고 형편도 다르다.

그러니 괜히 기죽지 말 것!

다이어트에 성공하는 사람의 공통점, 긍정적인 마인드

긍정적인 사람들은 살이 빠져.

같은 몸무게라도 '이거 밖에 안 빠졌어', '어떡해. 나 오늘 폭식했어'라고 생각하는 사람과 '사람들이 살이 빠져 보였다고 하네. 내가 봐도 좀 살이 빠진 거 같아', '그래도 내가 이만큼 한 게 어디야. 잘했어!'라고 생각하는 건 분명 결과가 달라.

뭐니 뭐니 해도 가장 중요한 건 긍정적인 마인드야. 뚱뚱해도 내 신체에 감사할 줄 알아야 해.

바깥을 달리며 겨울바람이 몸에 확 안길 때, 차가운 공기가 피부에 닿는 느낌에 감사함을 느끼고 내가 살아 있음에, 내 몸이 온

전함에, 감사함을 느껴 보자.

 그래야 긍정적인 에너지가 샘솟아.

다이어트는 무리하지 않아야 해. 즐기면서 할 수 있는 정도여야
해. 그리고 자신의 노력을 인정해야 해. 스스로를 칭찬하자. 다이
어트도 나 자신에게 떳떳하면 의심할 필요가 없어.

운동을 병행한 다이어트는 꿈과 학업 외에도 모든 부분의 능률
을 높여 줘. 심지어 수능을 앞둔 학생들도 운동을 하면 공부 능
률이 오른다구.

웃자!

꿈꾸자!

신난다!

Tip 너무 무리하지 않고 지킬 수 있는
나만의 규칙 세우기

하나, 집에서도 언제나 붙는 옷 입기

둘, 전신 거울을 옆에 두고 밥 먹기

셋, 몸무게는 일주일에 한 번만 재기

넷, 하루에 2L 이상 물 마시기

다섯, 매일 30분씩 걷기

여섯, TV 볼 땐 엉덩이가 땅에 닿지 않게 하기

일곱, 배꼽에 동전이 있다고 생각하고 배꼽 당기기

여덟, 간식이 먹고 싶을 때는 양치하기

아홉, 일주일에 3일 20분씩 다리/복부/상체 근력 운동하기

열, 매일 운동 후 스트레칭하기

이번 주 미션
지키기 어려운 것, 일주일에 한 번씩 세팅하기

공통 미션
계속 지킬 수 있는 것

V 밀가루 먹지 않기

V 엘리베이터 이용하지 않기

V 아침에 운동 20분씩 하기

V 잠들기 4시간 전에는 안 먹기

V 서거나 스트레칭하면서 TV 보기

V 밥 먹을 때는 TV 안 보기

V 늦은 식사를 했을 경우 4시간 동안 자지 않기

살을 빼야만
행복한가?

"♡♡♡
아이~~~ 좋아."

누군가 물었다.
다이어트 성공하면 인생도 바뀌냐고

나는 말했다.
바뀌는 게 아니라 완전히 달라진다고

달라진 외모 때문인지
무언가 해냈다는 성취감 때문인지
나에 대한 만족감 때문인지

굳이 한 가지로 답할 수는 없다.

그.러.나.
삐딱하고 부정적이었던 내가
세상을 바르게 볼 줄 알게 되었고

남의 시선만 의식하던 내가
나를 똑바로 바라보게 되었고

남 탓 세상 탓만 하던 내가
내 잘못이라는 걸 인정하게 되었고

만족을 모르던 내가
꽃 한 송이에도 웃을 줄 알게 되었다.

무엇보다
내 것이 아닌 걸
시샘하고 부러워하며 괴롭던 내가
쿨하게 포기할 줄 아는 사람이 되었다.

Story

다이어트를 하면
덤으로 찾아오는 것

다이어트는 날씬한 몸뿐만 아니라 인생에 대한 해답을 찾게 했어. 목표를 향해 뭔가를 이루면서 행복해진 거지. 날 위해 노력하는 모습에서 행복이 온 거야. 예쁜 옷을 입는 것도 좋지만 나와 한 약속을 지켰다는 것, 해냈다는 것 때문에 스스로 박수를 치게 되더라고.
'네가 얼마나 하는지 보자'고 했는데 됐잖아.
'내가 얼마나 했는지 보여 줄게, 기다려' 했는데 됐잖아.

세상에 꾸준함을 이길 수 없는 것은 아무것도 없었어. 반복, 지겨운 그 무언가라도 꾸준히만 하면 이기지 못할 게 없었어. 보이지 않는다고 아무것도 없는 건 아니었어. 오히려 급하게 얻으려고 하면 무엇이든 잃는다는 걸 깨달았어. 안 되는 것에 집착하지 않을 것도 알았어.

'다 망했어'가 아니라 어떻게 해야 할까?, '앞으로 어떻게 해야지?'에 대해 스스로 묻게 되었어. 해결 방법을 생각하며 내공도 더 깊어졌어. 어떤 일에서든 말야. 하고 싶은 것만 하고 살 수는 없다는 것도 알게 됐어. 두 마리 토끼는 결코 동시에 잡히지 않는다는 걸 알게 됐어.

무슨 일이든 얻는 게 있으면 잃는 게 있다는 걸 알게 됐어. 살을 빼고 싶으면 식욕을 참고 운동을 해야 하는 것처럼 말이야.
그리고 나 스스로 믿는 법을 배웠어. 나 자신에 대한 믿음만큼은 결코 흔들려서는 안 된다는 걸 배웠어. 그리고 매사에 부정적인 생각은 버려야 한다는 것도 알았어. 어떻게 해도 바뀔 수 없는 것들은 빠르게 포기해야 한다는 것도 알게 됐어. 얻는 게 있으면 잃는 것도 있는 거니까.

다이어트 하면서 멘탈의 중요성을 그 어느 때보다 깊이 깨닫게

기대해, 반짝반짝 빛나는 네 모습

됐어. 그래서 많은 책을 읽으면서 그 중요한 멘탈을 얻고는 했어. 책은 미쳐 버릴 것 같은 스트레스에서 나를 해방시켜 줬어. 마음을 달래 줬고 더 간절하게 내가 원하는 결과를 향해 달리는 걸 멈추지 않게 해 줬어. 『시크릿』『마시멜로 이야기』『성공한 사람들의 XX가지 습관』『청소부 밥』『플라톤의 대화편』『손자 병법』『오프라 윈프리』 책 등을 읽으면서 다이어트의 길이 열리겠다는 희망을 얻고는 했어.

성공한 사람들의 자서전이나 경험담을 읽으면서 어떤 일이든 그 일을 이룬다는 건 모두 똑같이 힘든 일이란 걸 알게 됐어. '참아. 겨우 이 정도도 못 참아?', '앞으로 뭐 될래? 이것도 못하면 뭘 할 수 있어?'라고 영상에서 다이어터들에게 말할 때가 있어. 걱정과 잡생각 대신 차라리 그 시간에 걸으며 긍정적인 생각을 하는 건 어떨까?

다이어트는 딱히 뭐가 중요한 게 있지 않아. 그보다는 마인드 컨트롤을 할 수 있어야 해. 음악도 좋은 영화도 감정이입하기 얼마나 좋은 도구인지 몰라. 병아리들, 이런 사소한 것들을 먼저 실천해 보기를 정말 바라고 바라.

"이게 너야!
정말이야! 상상해 봐!
얼마나 달콤할지···."

이번 주는 인간적으로 관리해야 한다

그거 아니?
날씬이들은 한시도
가만있지 않아

날씬이들은 잠잘 때
빼고는
침대에
가지도 않는다.

날씬이들의 습관을
예의 주시할 것

아….
많이 먹고도 게으른데도 살이 안 찐다며 타고난 척 하는
앙큼한 여우들에게 속지 말고!

Story

살이 안 찌는
체질 만들기

살이 1kg 찌는 데 모두에게 공평하게 필요한 칼로리는 7700kcal 정도야. 하루 기초대사량과 생활 에너지를 더하면 보통 여자의 경우 2500kcal니까 하루에 1kg의 지방이 찌려면 10200kcal를 먹어야 되는 거야.

근육이 많으면 살이 찌지 않는 체질로 바뀌지만 그보다는 얼마나 오랫동안 살찌지 않은 채 지냈느냐가 훨씬 중요해.

매 달 자신의 몸을 체크해서 지난 달보다 날씬해지는 추세로 사는 것, 저번 달 5일보다 이번 달 5일 더 날씬한 날로 만드는 것. 그 기간이 길면 길수록 살이 찌찌 않는 '체질'이라는 게 되는 거야.

잠깐 허끝의 달콤함에 휘둘리지 마

날씬이들은
아무 음식이나
몸에 넣지도 않아

먹고 싶은 게 있으면
맛있는 것을 먹을 것.
최고로 좋은 걸 먹어야 해.

내 몸을 위해
내 몸에
아무거나 넣지 마.

나는 할 수 있다는 이상한,
밑도 끝도 없고
근거도 없는 근자감은 버려.

무리하게 계획을 잡지 말고
뇌를 속일 수 있을 만큼만
먹는 거야.

"정말 끊을 수 없는 음식이라면
    일주일에 딱 한 번만 먹겠다고,
    그것만은 꼭 지키겠다고
    지금 바로 각오하는 거야!!"

참자. 참아야 하느니~

식욕 억제하는 방법

"벌컥!
벌컥!"

1. 식사 30분 전, 물 가득한 컵 원 샷

외식일 경우 음식이 먹음직스럽게 앞에 나오자마자 화장실로 직
진해. 그렇게 5분 정도 흥분을 가라앉혔다가 들어오는 거야. 이
때 동행한 사람에게는 기다리지 말고 먼저 먹으라고 해. 배가 슬
슬 아파서 그런다고 핑계 좀 던져 놓고 가는 거지. 이렇게 잠시
화장실에 다녀오면 진정도 되고 음식 비주얼도 달라져 있어서
과식을 막게 되거든. 난 음식 나오자마자 화장실 가는 게 아주
버릇이 돼서 모두 장 트러블 달고 사는 줄 안다니까.

"야금···

야금···"

2. 집에 절대로 먹을 걸 두지 마

가족이랑 같이 산다면 집에서는 끼니 외에 아무것도 먹지 마.
과자나 빵 같은 음식들이 계속 아른아른거릴 땐 밖에 나가서 사먹
어. 꼭 최고 먹고 싶은 걸로 밖.에.서. 나 같은 경우엔 귀차니즘이
너무 심해서 밖에 나가기 귀찮아서 참게 될 때가 많았어.

3. 먹을 땐 먹는 것에만 집중해

TV 보면서, 일하면서, 공부하면서 또는 핸드폰 보면서 먹지 마.
그냥 우두커니 먹기만 해.

예뻐져야 하느니라!

"나는 네가 지난 끼니 때
얼마나 먹었는지
알고 있다!!"

4. 젓가락을 사용해

음식을 먹을 때 숟가락은 치워 버려. 무조건 젓가락으로만 먹어.
신의 젓가락질이 아닌 이상 한 번에 양볼 터질 듯이 집어 넣지
못할 테니까.

5. 자주 먹는 밥상 앞에 전신거울을 놔둬

식탐이 미친 듯 폭발해서 폭식할 때 거울 속의 나를 보면 입맛이
뚝 떨어질 거야. 그리고 옷 싸악 벗고 욕실에서 거울 보면 식욕
이 또 한 번 뚝 떨어질걸.

뱃살

돌려놔

1
2
3

4
5

1 다리는 어깨너비, 배에 힘주고!
2 팔은 머리 뒤로 돌려!
3 팔을 돌려봐
4 반대도 똑같이!
5 다 돌려놔~ 흥얼흥얼 따라 불러~

운동 동영상 보기
언니 믿고 따라와 ↑

저번 주 몸으로라도 돌아가야 하느니라!

뱃살

팔 뻗기

1   2

3   4

1 다리는 넓게 벌리고, 한쪽 팔은 옆으로 뻗고, 한쪽 팔은 구부리고!
  골.반.고.정.
2 옆구리를 쭈욱~ 늘려봐. 제자리 돌아오면서 배에 힘주고 후~
3 반대도 똑같이!
4 다시 옆구리를 쭈욱~

운동 동영상 보기
언니 믿고 따라와 ↑

뱃살
더블크런치

1   2   3

1. 허리를 바닥에 붙이고 배에 힘 딱 들어갈 정도로 다리를 내리고,
   머리가 바닥에 닿지 않도록 내리고, 손은 뒤통수를 받쳐!
2 무릎을 당기면서 동시에 상체는 올리고
   무릎을 팔꿈치에 넣어 준다는 느낌으로
3 다시 천천히 늘려서 숨 마시고 당기면서 후~

운동 동영상 보기
언니 믿고 따라와 ↑

정말 음식이 위로해준다고 생각해?

PART 2

폭식 경보가
울릴 때도
멘탈은 절대
안전해야 한다

어차피 나란 인간은
식탐의 노예

"이러문 안 되는데ㅠ"

큰 맘 먹고

밥 한 숟가락 먼저 덜어 내고

큰 맘 먹고

밥 먹기 전에 물 한 잔 마시고

큰 맘 먹고

야식 먹고 싶을 때 참고

큰 맘 먹고

5층까지는 계단을 이용해 보는 것

나 자신에 대해
인정하는 것이 중요하다

포기해. 포기하면 편해. 내가 갑자기 변할 수 있을 거라는 착각에서 벗어나면 편해. 큰 맘 먹어야 가능한 행동, 대단히 박수받아 마땅한 노력들이라고 인정해 버려.

내가 할 수 있는 노력이고 천천히 가되 절대 뒤로 물러나지 않는 것이 다이어트 성공으로 가는 길이야. 나는 예민하고 식탐의 노예라는 것을 인정해. 죽어도 못 끊는 음식이 있으면 먹어. 나에 대해 성찰하는 시간을 가지고 대안을 마련해 봐.

나는 라면 없이는 못 산다 → 일주일에 한 번은 먹자
난 러닝머신을 못하는 사람인가 봐 → 차라리 줄넘기를 하자이 사람을 만나면 기를 뺏겨. 불편해, 자꾸 맞추게 되는 것 같아. 호응해 줘야 할 것 같고 나를 싫어하는 것 같아 → 이런 사람은 그냥 만나지 마

남들이 그까짓 스쿼트 20개가 뭐라고 비웃을지라도,
그까짓 밥 몇 숟가락 줄이는 게 뭐라고 비웃을지라도,
그까짓 3kg 빼는 게 대수냐며 비웃을지라도,
너에게는 너무 큰 노력이고 결실이고 도전이야. 비록 오늘은 망했더라도 너무 초라하더라도 그냥 칭찬해줘. 너 잘했다고. 넌 살아 있는 자체가 축복이야.

내 말 들어 병아리. 넌 무엇을 해도 다 잘했어. 넌 그런 사람이야. 내 나이가 몇인데 이런 걸로 칭찬이냐고? 상관없어. 내 눈엔 다 같은 병아리, 물가에 혼자 둔 아이 같은걸.

무너지지 마, 작아지지 마
외롭지 말고 아프지 마

외로움 채우기는커녕
살만 가득 채워질걸?

비만의 원인은
그렇게 대단한 게 아니야.
바로 무관심

살이 쪄 버린
내 몸은
나에 대한 무관심일 뿐이야.

"너는 여자 안할꺼야?
어디가서 거울이랑
상의 좀 해보지?"

한 번씩 나를 바라봐 주고
보듬어주고 챙겨 줘.

먹고 다음 날 후회할 게 뻔하면 참자

외로운 마음

고작 이거 때문에
음식에 기대지 마.

Story

음식을 심리적 진통제로
이용하고 있는 거 아닐까?

'내가 언제부터 고도비만이었을까?' 기억을 더듬어 보면 아마도 9, 10살 정도인 것 같아. 부모님이 너무 바쁘셔서 나는 어릴 때부터 청소, 설거지, 요리 등 간단한 집안일을 도맡아 했어. 그때부터였던 것 같아. 내가 비만이 되었던 게. 내 손으로 직접 라면을 끓일 수 있을 때부터였을 거야.

언제 무엇을 얼마나 먹어야 하는 건지 전혀 몰랐어. 외롭다 보니 무조건 먹을 것만 찾기도 했고 점점 편식이 심해져서 나중엔 채소, 나물 반찬은 거들떠도 안 보고 라면, 돈가스, 튀김, 인스턴트 식품만 먹었어. 그리고 엄마가 과자를 좋아하셨어. 그러다 보니

운동, 자기 자신을 진정으로 돌아볼 수 있는 시간

엄마가 남긴 과자를 항상 먹었고 그게 습관이 되어 버린 거야. 결국 100kg가 넘어 버린 거지.

남들에게 주는 관심, 남의 마음 기분 살피면서 나 자신에게는 얼마나 관심을 가지는지 생각해 봐. 그동안 나는 그리고 내 몸은 많이 외로웠을 거야. 불필요한 과식이나 폭식은 어쩌면 그 외로움에서 시작된 건지도 몰라.

우리는 보통 심오한 내적 갈망과 그것을 채우지 못하리라는 불안감을 전면에 드러내는 대신, 음식과 술로 공허감을 달래기 일쑤야. 영혼이 갈구하는 그것을 충족시키지 못하는 데서 오는 허무함을 채우기 위해 서둘러 치킨 한 마리를 먹어치우곤 하지. 그렇지 않아? 네가 추구하는 모든 행동 중에 네가 전적으로 통제할 수 있는 일 중 하나가 먹는 거잖아.

우리에게는 원하는 음식을 원하는 곳에서 원하는 방식으로 먹을 수 있는 자유가 있어. 옷을 입든 벗든 자유롭게 먹을 수 있지. 이런 완벽에 가까운 자유 때문에 먹는 일은 우리를 기분 좋게 만들어. 하지만 음식은 일시적으로 영혼의 빈 틈을 감춰 주는 거야.

일시적으로 피부의 결점을 가려 주는 파운데이션 같은 존재지. 문제의 근원을 해결해 주지는 못해. 외롭다고 먹는 걸로 해결을 한다면 결국 육체적, 감정적 충족감을 얻을 수 없게 될 거야. 보통 '공허함 음식으로 달래기'는 이런 식으로 진행 돼. 한번 볼래? 의미 있는 일을 열심히 갈구하다 찾지 못하면 허전한 기분을 달래기 위해 먹는다 → 몸무게가 늘어나는 것 때문에 기분이 불쾌해진다 → 몸무게를 통제하지 못했다는 사실 때문에 자신이 날씬해질 자격이 없다고 자학한다 → 자긍심이 무서운 속도로 곤두박질친다 → 음식을 진정제 삼아 씹으며 속상한 마음을 달랜다.

나도 다 겪어 본 일이라 잘 알아. 하지만 이제 나는 매일 운동을 하고, 운동이 끝난 후 스트레칭으로 마무리하며 매번 나 자신에게 이렇게 얘기하곤 해. '미안해. 나를 너무 돌아보지 않아서. 정말 미안해. 내가 더 잘할게. 수고했어 오늘도' 그거 하나는 반드시 생각해.

인생은 한 번이야. 언제 죽을지 모르는 인생, 나 자신을 위해 살아. 행복하자, 우리.

외로움을 극복할 수 있는 방법을 찾아보자.
왜 살을 빼고 싶은가?

사실 너는 모든 것을 알고 있어. 거울 속에 비친 모습을 통해, 느낌을 통해, 허벅지에 걸려 더 이상 올라오지 않은 청바지를 통해 살을 빼야 한다는 사실을.

그러나 네가 영원한 변신을 꿈꾼다면 자신이 몸에 무슨 짓을 저질렀는지 아는 것만으로는 충분하지 않아. 너는 자신의 몸을 스스로 학대한 이유를 알아야 해. 즉, 당신의 뱃살을 겁 없이 늘어나게 만든 감정적, 물리적 원인을 알아야 하는 거야.

그러니까 '왜' 테스트를 떠올려 스스로를 점검해야 해. 네가 체중을 줄이고 싶은 이유와 줄이고는 싶지만 그럴 수 없는 이유에 대해 진짜 답을 얻을 때까지 체중과 관련해 '왜'라고 스스로 질문해야 한다는 얘기야.

"너는 왜 살을 빼고 싶지?"
"왜냐하면 내가 대학교 때 입던 청바지를 입고 싶기 때문이지."

"왜 너는 그 청바지가 입고 싶지?"
"왜냐하면 지금보다 더 많은 자신감을 갖고 싶기 때문이지."

"왜 너는 많은 자신감을 원하지?"
"왜냐하면 새로운 사람을 만날 때 더욱 당당할 수 있기 때문
이지."

"왜 너는 새로운 사람을 만나길 원하지?"
"왜냐하면 나는 이성친구와 헤어진 지 얼마 안 된 상태고, 새로
운 이성을 만나고 싶기 때문이지."

"왜 너는 새로운 이성을 원하지?"
"왜냐하면 사랑하고 싶으니까…."

아마도 이 질문의 연쇄고리는 첫 번째 질문과 마지막 질문의 답이 교차되는 그 어디쯤에서 끝날 거야. 나는 외롭기 때문에 살을 빼고 싶어 해. 아이러니하게도 살이 찌는 이유도 똑같아.

'너는 외롭기 때문에 살이 찐다'

그렇다면 이제 외로운 시간을 줄일 그 무엇을 찾아보면 어떨까? 음악에 심취하거나 아니면 영화 삼매경에 빠지는 것도 방법이겠지? 따뜻한 물로 샤워하는 건 어때? 중요한 건 그게 무엇이든 나의 내면이 무엇 때문에 그리 힘들어 하고 있는지 찾으려 애쓰는 일이야.

"외로운 틈을 줄여!
즐거움을 한 스푼 더해!"

우리, 살아 있음에 감사하자

내일 못생김
+부은 얼굴로 출근할래?

땡땡 부을 대로 부은 얼굴로 출근하기 싫으면
위장 좀 놔둬

집 안 청소도 하고
먹을 거 피부에 양보도 좀 하고

일요일은
휴일이 아냐.
일상으로 돌아갈 준비하는 날이지.

그만 먹어 이제
우리 운동 좀 하자!

혹시 아직도 먹고 있어?
뭐 먹어?

올해부터 살 뺀다며
구정만 지나면 살 뺀다며

먹 방 시즌,
진작 지난 거 아니야?

아직 늦지 않았어!
정신 차리기에 아직 늦지 않았어!!
정신 차리고
손에 든 그거 내려놓고
먹지 마!!!

혹시 어제 폭식했다면
대처방법 알려줄게

일단 진정하고 어차피 망했다는 생각에 더 먹지 마! 아 정말! 일단 그만 먹고. 더 망하는 것도 있거든. 일단 주변을 깨끗하게 정리해. 청소하는 거지.

오늘은 내 방, 내일은 사무실 책상. 청소 후 따뜻한 차 한 잔 마시고 따뜻한 물로 10분 이상 온욕을 하고 마지막으로 먹은 시간부터 16시간 동안 공복을 유지해. 16시간 후 첫 끼는 죽이나 고구마 같은 슬로우 푸드를 먹어. 저녁에 근력 운동 40분, 유산소 30분. 이렇게 하면 이틀 뒤면 원래대로 돌아와.

자주 써먹으면 이것도 내성 생겨 안 먹히니까 몇 달에 한 번씩만 써 먹도록 해.

다이어트에
술은 노답

마셔라~ 마셔라, 마셔라~!

병아리들아, 겁나 달렸지?

재밌었니?

'술 먹었으니 다음 날

두 배로 운동해서 빼면 되지!'라고 생각했다면

그건 정말 위험천만한 생각이라는 걸

강조하고 또 강조하는 바야.

Story

다이어트 성공하려면
술은 포기해

병아리들, 술 먹은 당일은 물론이고 다음 날도 운동하면 안 돼.
왜냐. 간이 마이~ 아프단다.
술을 마시면 간이 지쳐 있는 상태가 되겠지? 그러니 당연히 다음
날까지는 간이 피곤하겠지?

근력 운동이나 고강도 운동을 하면 피로물질이 쌓이는데 그걸
해독하는 역할도, 근육의 합성을 도와주는 역할도, 간이 하고 있
어. 그러니 알코올 분해하느라 힘든 간이 운동까지 해 대는 병아
리를 보호하려면 너무 피곤해지는 거야. 제대로 작용을 못하게
돼버리는 거고. 그 상태에서 무리하게 운동을 하면 역효과가 나.

그냥 평소보다 물을 많이 마시고 쉬는 게 답이야. 그래도 군이 운동을 해야겠다면 아주 가벼운 유산소 운동을 해야 돼. 칼로리도 겁나 높으면서 정작 에너지는 1도 주지 않는 정말 빈 깡통 같은 알코올!

심지어 우리 몸은 알코올이 들어오면 알코올부터 얼른 배출하려고 거기에만 매달린데. 그래서 다른 일을 제대로 못해서 뭘 먹는 족족 지방으로 고스란히 쌓이게 된다는 불편한 진실. 고로 술 먹었으면 그냥 살찌기로 각오한 행위나 마찬가지야.

"술 마시면서 다이어트?
꿈도 꾸지 마시길~"

꽂꽂...

주원 언니!
위의 한계는 어디까지예요?

나?
나란 사람은 밥 먹고
또 달달한 걸 찾는 사람이라오.

위 크기로 치자면 어디 가서
절.대.
안 꿇리는 사람이 나라오.

그런 위대함 말고
다른 걸로 위대해 보려 노력하는 나라오.

내 목표를 위해서 운동해

월요일부터 처묵했다가는
한 주 내내 개고생이오.

1+1으로
못생김도 따라온다는 걸
아는 사람일 뿐이오.

폭식 경보가 울릴 때도
멘탈은 절대 안전해야 한다

진짜 너무너무 폭식할 것 같을 때 일단 세 번 생각해.

한 번

'몸에 해롭지 않을까?'

두 번

'먹어서 더 열이 받을까, 안 먹어서 열이 받을까?'

세 번

'10분이라도… 조금만 더 참을 수 없을까?'

"죽을 것 같으면 먹어!
대신, 후회까지 하면 주~거! 알겠니!!"

그래도 먹고 싶다!
그럼 먹어.

대신 먹고 행복함만 느껴.
스트레스도 죄책감도 다 잊어버려!

그냥 겸허하게 칼로리를 영접한다.
이게 룰이야.

폭식에 대처하는
우리의 자세

폭식 흑역사는 책 한 권을 써도 모자란 게 나야.

어느 회식 때 일이야. 그날도 솟구치는 식욕을 잘 참으며 인내 중이었어. 그런데 사람들이 안주를 먹지 않는 거야. 서로 말하는 데 정신이 팔린 거지. 아깝기도 하고 조금만 먹어 볼까 하는 마음에 안주를 먹기 시작해 버렸어.

결국 어쨌는지 알아? 그날 시킨 고기 전부를 보기 좋게 먹방으로 올킬시켰어. 나 혼자 폭식으로 말야.

그러고도 허기가 느껴져서 뻥튀기 한 묶음, 콜라에 아이스크림 한 통, 과자만 4만 원어치를 사서 먹었다니까.

완전 먹방 귀신이 씌인 거지. 그래 맞아. 망했어. 망해도 완전 폭망이잖아. 더 끔찍한 건 그런 폭식의 저주에 쓰인 어느 날에는 아침에 55kg이었다가 다음 날 저녁 61kg이 된 때도 있었다니까!

지방 1kg 느는 데 7700kcal가 필요한데 빠질 때도 똑같거든. 다행인 건 기초대사량은 꼬박꼬박 나간다는 거야. 차곡차곡 2000kcal씩. 그러니 어찌 보면 빼는 것도 쉬운 거지. 똑똑하게 생각해. 치킨 2400kcal 정도 먹었어도 하루면 날아가는 칼로리야.

여기서 하나 짚고 갈 게 있어. 아플 때 식욕의 늪에 빠지기 매우 쉽다는 사실. '아프면 잘 먹어야 한다'는 인식이 문제야. 하지만 사람은 언제나 무언가를 먹어서 탈이 나는 거지, 먹지 못해서 난리 나는 건 아니야. 여기서 '아프면 잘 먹어야 한다'는 건 영양소를 골고루 섭취하라는 거지, 많이 먹으라는 게 아니야.
재밌는 사실은 가벼운 유산소 운동이 오히려 건강 회복에 도움이 된다는 거야. 감기에 좋은 음식이 고기나 죽 같은 거 절대 아니니까 고칼로리 먹지 않는 걸로 하자! 생강차나 가벼운 유산소가 감기에는 훨씬 효과적이라는 사실 기억하기! 알았지?

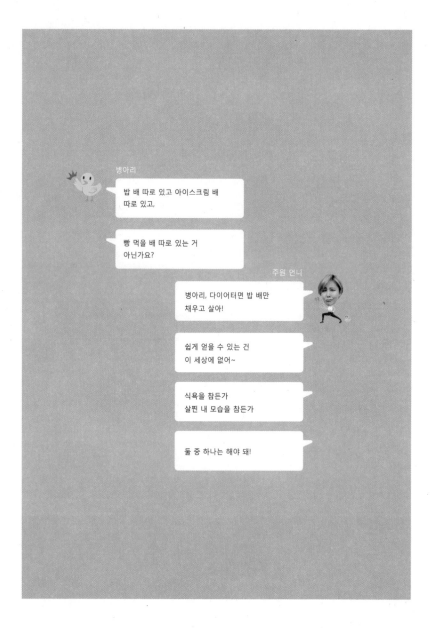

병아리

밥 배 따로 있고 아이스크림 배
따로 있고,

빵 먹을 배 따로 있는 거
아닌가요?

주원 언니

병아리, 다이어터면 밥 배만
채우고 살아!

쉽게 얻을 수 있는 건
이 세상에 없어~

식욕을 참든가
살찐 내 모습을 참든가

둘 중 하나는 해야 돼!

비키니 안 입을 거야?
지금부터 준비해야
딱 예쁘다!

밥 먹고 나서 디.저.트 찾지 마라잉???
나머지 배들은
내 정신 건강도 챙겨야 하니까

일주일에 하루만 채우자!
밥 먹고 나서 달달한 거 찾지 마!

간식 먹으면 안 되는데
자꾸 먹어서 어떡하냐고?

운동 한 날을 달력에 표시해봐

"요~러고 싶지 않아?
요~러고 있음 엄청 이쁘지 않겠냐고!!"

다이어트, 진리는 정신개조

내가 가서 입을 막아 줘?

화장실 가서 배 한 번 올려 보고
자신한테 물어봐.
지금이 먹을 때냐고.

휴가 때 비키니 안 입을 거야?
여름에 수영장 안 갈 거야?

재미 위주로 운동에 습관을 들이자

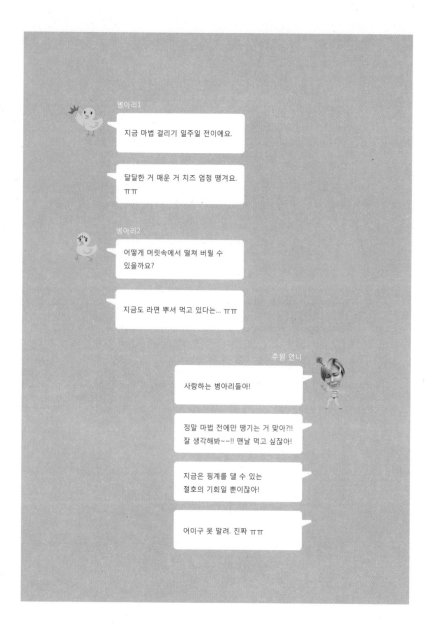

병아리,
당장 멈춰!

냉장고 가도 뭐 없으니까
기웃거리지 마.
뭐 없다.
애꿎게 둘러보고 있니.?

먹던 것도 내려놔.
배달 앱 뒤져 봤자
우리가 먹을 건 없다.
당장 종료해.

우리가 먹을 거 지금 안 판다.

그냥 오이나 오독오독 깨물어 먹자.

참아!

야식도 습관이다!!

야밤에 먹지 마!!!

손에 든 것도 내려놔.

먹지 마.

좋게 자자?

"가지 마! 가지 마!
몰래 간다고 모를 거 같애?
냉장고로 가는 그 걸음
당장 Stop!"

명절 폭식 예방법,
난 명절 때 식탐 이렇게 이겨 낸다

명절 폭식 예방법 관련 설문조사를 했어. 먹히는 방법만 골라 모아 본 거야.

첫째, 안 간다. 효과가 가장 좋으나 욕 먹고 미혼만 가능하다.

둘째, 심부름, 청소를 자처해서 한다. 팔다리 쑤시는 건 옵션이다.

셋째, 요리를 자처해 미리 입맛을 없앤다.

　　　요리하며 이미 배부른 건 의지의 문제다.

넷, 운동을 빡세게 한다. 멘탈 갑인 사람에게는 매우 쉽다.

명절 때 내가 써먹는 방법도 알려 줄까?

첫째, 애 보기 담당을 자처한다.

특히 가장 정신 사나운 조카와 빠르게 친해져. 단, 운동보다 더 힘듦과 빡침 주의! 음식을 먹을 때도 나를 괴롭혀 주시니 다이어트가 저절로 돼.

둘째, 할리우드 액션이 필요한 케이스다.

집 안에 아이들이 없고 모두가 날 주목하는 경우 나는 어른과 눈이 마주칠 때마다 음식을 향해 젓가락질을 해. 찔끔찔끔 조금씩만 베어 먹되 계속 '맛있다!'를 연발하며 계속 오물오물 먹는 척하지.

셋째, 내가 못 참을 경우 딱 한 가지만 정해 먹는다.

예를 들면 나 같은 경우 수육은 절대 못 참았어. 고기 먹었으니 나물도 많이? NO!!! 제사 나물 음식은 거의 볶기 때문에 칼로리가 만만치 않아. 나물 먹는다고 고기 조금만 먹게 되는 것도 아니고, 고기도 많이 먹고 나물만 추가해서 더 먹는 꼴이야. 그냥 한 가지만 원 없이 먹어.

이래도 안 되면 그냥 이번 명절은 포기하고 하루만 치팅 데이로 잡아야지 뭐. 나는 거의 성공했어! 하루만 먹어도 성공한 거야. 전날부터 당일까지 이틀 내리 먹어 재끼면 진.짜.노.답.

먹을 땐 만 원,
뺄 땐 백만 원!!!!!!!

"백만 원"   "만 원"

음식 아깝다고 먹지 마.
다이어트에 몇 백 안 날려 봤으면
말을 하지 마!

지금 먹어서 잠깐 혀끝의 달콤함에
내 장기와 심장은 지칠 것이고

허벅지와 아랫배에 붙은
셀룰라이트들만 기뻐 날뛸 것이며

매일 운동해야 한다는 강박, 좋아!

내일 아침 부정하고 싶을 만큼
못생긴 나를 거울 속에서 만날 것이야!!!
먹지 마!

기름진 음식은
두둑한 뱃살과 날아 갈 것도 아닌데
팔뚝에 날갯살을 달아 줄 것이고!!!
맵고 짠 자극적인 음식은
허벅지를 뚱뚱하게 만들어 줄 것이야!!!!!

배고파?
그럼 물 마셔.

그것도 안 되면
바나나 한 개를
먹어 봐. 쩝쩝.

Story

달면 삼키고
어쭙잖으면 뱉어!

음식 아까워하지 마. 아무거나 입에 넣지 마. 우리 위장은 음식물 쓰레기통이 아니거든. 나는 다이어터일 땐 하루 한 끼 일반식, 유지어터인 지금은 하루 한 끼 건강식을 먹어.

이만큼이라도 지켜보자. 사실 이틀에 한 끼 건강식 먹기도 해. 대신 일반식을 먹어도 이것만은 꼭 기억해! 항상 이것만은 꼭 찾곤 하지!

"비타민 어딨지?!!!"

칼로리 팍팍 날려버리자

내가 누누히 말하지만 죽는 것보다 더 무서운 건 바로 질병이야.
암에게서 멀리멀리 도망가기 위해 찾아야 해.
바로 비.타.민!

어렵지 않아. 맛없는 풀때기를 생각하면 돼. 밥 먹기 전에 미리
풀때기부터 먹어서 배를 채워 봐.

나는 알고 있다.
병아리들의 위는
결코
쓰레기통이 아니라는 사실을…

팔뚝살

의자딥스

1   2   3

1 엉덩이가 앞으로 빠지지 않게 일자로 펴서
2 팔꿈치 벌어지지 않게 구부려서 내려왔다가
3 팔 뒤쪽 힘으로 일어나면서 후~

운동 동영상 보기
언니 믿고 따라와 ↑

놀 수 있으면 운동하자

팔뚝살

팔뚝짜주기

1

2

3

1 손을 골반보다 좁게 손바닥이 위를 향하게 수건을 잡고
  45도 정도 몸을 기울이고
2 허리를 곧게 편 상태에서 삼두를 짜 주는 느낌으로 올리고
3 내렸다가 삼두 뒤에 힘을 주면서 후~

운동 동영상 보기
언니 믿고 따라와 ↑

팔뚝살

손목꺾어돌리기

1

2

3

1 다리는 어깨너비, 양팔을 벌리고
2 팔목을 꺾어서 그대로 크게 원을 그리면서
3 반대로도 원을 그리고 후~

운동 동영상 보기
언니 믿고 따라와 ↑

운동할 수 있는 신체 하나면 O.K

다이어트 하면서 가장 위험한 이놈의, 짜증 이겨 버려!

다이어트 하면서
가장 위험한
이놈의 짜증, 이겨 버려!

짜증[명사]

마음에 꼭 맞지 아니하여 발칵 역정을 내는 짓. 또는 그런 성미.

모두 다 내가 만들어 낸 허상

가장 쓰잘데기 없는 감정이지만

모든 걸 다 파괴시켜 버릴 만큼

위험한 감정.

짜증이 나는 순간

그냥 내 맘대로 일이 안 풀려서 이러려니 하고

예전에 그 녀석이 불렀던 타령을 해보자.
"짜증을~ 내어서~ 무얼 하나~~"

단순한 거 다 안다.
어차피 5분 지나면
현실에 굴복할 거잖아, 왜 이래~ 선수끼리!!

"좋아! 좋아!
기분 좋아!
안 먹으니 더 좋아!"

오늘이 내 인생의 가장 젊은 날이야

다이어트는 8할이 멘탈!

다이어트는 식단 70%, 운동 30%이라고 하는데 내 생각은 달라.
식단 10%, 운동 10%, 나머지는 멘탈이 80%이야.
그렇다면 멘탈은 어떻게 관리할까? 멘탈을 관리하는 비법은 스스로에게 물어보는 거야.
'지금 왜 짜증났어?'
이렇게 질문으로 짜증나거나 힘든 이유를 찾아야 해. 나 스스로에게 질문했으면 글로 적어 보는 거야. 어떤 게 짜증나고 힘들게 하는지 말야.

재밌는 사실은 적어 보면 별것 아니라는 걸 깨닫게 된다는 거지.

별다른 이유가 없으면 그냥 하기 싫은 거야.

운동 안 하고 떡볶이 먹으면 해결될 것 같아? 아니 아마도 더 짜증날걸. 생각해 봐. 엄밀히 말해서 먹으면 짜증나겠니, 안 먹으면 짜증이 나겠니? 정말 먹고 싶으면 새벽에 나가서 사 먹겠다 생각하고 일단 미뤄 놓는 거야. 그래서 결국 먹었다 치자. 그럼 쿨 하게 걸어 들어오면 될 일 아니겠어?

나는 말이야. 헬스장에서 정말 많이 울었어. 운동하기 싫을 때 짜증이 어찌나 나는지 눈물이 나더라니까. 시간은 또 왜 이렇게 안 가는지. 나가서 뭐든 먹고 싶고, 눕고 싶고, 친구 만나서 수다나 떨고 싶고. 그러다 내 다리 한 번 쳐다보면 한숨이 또 나는 거야. 이놈의 다리는 왜 이렇게 두껍고 돈은 또 왜 이렇게 없는지.

사람들이 나더러 이래. "주원 언니! 언니는 정말 멘탈 갑이에요." 솔직히 고백하는데 나도 그때 엉망이었다니까. 나이 스물댓 살에 무슨 멘탈이 갑이겠어. 그냥 그렇다고 스스로 생각한 거지.

스트레스는
다이어트의 가장 큰 적!
가장 힘든 미션,
조금만 내려놓기

오늘은
한숨 돌릴 시간을 가져 볼까?
때로는 조금 늦어도 괜찮은데
너무 열심히 달려오기만 한 건 아닌지.

오늘은
일도
다이어트도
대인관계도

조금씩만 내려놓고
나에게만 집중하는 시간을 가져 보자.

내가 제일 좋아하는
맛있는 음식도 먹고

꽃집에 들러 꽃도 몇 송이 사서
물병에 꽂아 놔 봐.

가끔씩
나에게도
휴식을 줘야 해.

"아싸!
꽃 냄새
디따 좋군!"

다이어터라면 금연하자!

Story

사람은 누구나
다 똑같이 소중해

살이 찌면 1. 만사가 짜증나고, 2. 컨트롤도 안 되고, 3. 게을러지고, 4. 입으로만 다이어트하고, 5. 또 폭식하고 6. 후회하고, 7. 그런 내 자신이 싫고 짜증나서 8. 자존감이 낮아지는 거야.

100kg 넘었던 나도, 55kg의 나도 소중하지만 확실한 건 나는 그때 이유가 너무 많았어.

그땐 몰랐지만, 그때의 난 게을렀어. 내가 하지 못하는 이유만 찾았어. 하지만 지금은 어떻게든 하루에 20분이라도 시간을 쪼개서 운동하려는 나를 보곤 해.

연휴라 어쩔 수가 없어?

너무 더워서 고민이야?

게을러서 고민, 폭식이 고민이야?

직장인이라 잦은 외식이 고민이야?

먹을 게 눈앞에 있는데 어쩔 수 없다고 생각해?

보다 보다 내가 답답하고 속이 터져.

내년에 다시 다이어트 하려고 그러는 거니?

내가 말했지만 폭식이 용서되는 건 어쩌다 하루 이틀이야. 이렇게 내내 먹고 죄책감만 가지고 운동이고 뭐고 아무것도 안 하면 모두 싹 다 살로 간다. 후회해 봤자 그 살 빼려면 엄청난 노력이 필요할 거야. 굳이 왜 그 힘든 짓을 더 찌워 놓고 빼려는 거야?

내가 다이어트 할 땐 주말이 없었고 외식할 상황이 없었을까?

100kg가 넘었던 나는 게으르지 않았을까?

이렇게 먹어 가면서 내가 얼마나 먹고 있는지, 생활 대사량과 운동 대사량을 환산했을 때 얼마나 오바하고 있는 건지 칼로리 계산하는 노력 정도는 하는 거야?

날씬한 애들도 네 앞에서 많이 먹어서 안심이니? 아니면 개네는 안 찌는 체질이라 어차피 나는 안 된다고 합리화라도 하는 거야? 네 앞에서만 먹는 거라는 생각은 왜 안 해.

정말 진지하게 내가 날씬해지고 싶은 게 맞는지, 대체 살이 왜 안 빠지는지 정말 모르는 건지 한번 생각해 봐.
실패할만한 이유만 찾아 대면서 합리화시키고 있는 건 아닌지.
답은 본인이 가장 잘 알고 있는 거 아닐까.

모두 다 얼마나 노력했냐에 따라 다른 것 같아. 노력을 많이 하면 남들보다 빠른 거고 덜 하면 느린 거지만, 결국 앞으로 가는 건 마찬가지야. 천천히 가도 괜찮아. 잘 참고 가다가 멘탈이 한번 무너지면 템포가 다 꼬여 버려서 중간에 힘들어지거나 잠깐 멈춰 서게 되겠지? 당연히 속도는 느려지겠지만 앞으로 다시 가면 되는 거야. 누가 나보다 속도가 빠르면 먼저 보내고 뒤따라가면 되는 거고, 계속 따라가다 보면 나도 남들처럼 앞으로 가게 되지 않겠어?

모든 사람이 수영 선수가 되기 위해 수영을 배우지 않잖아? 물에 떠서 즐길 수 있을 정도로 만족하는 것처럼 다이어트도 마찬가지야. 병아리도 나도 보디빌딩 대회를 나가거나 운동선수를 할

게 아니잖아. 내 몸 건강하고 예쁜 옷 맘껏 입을 수 있으면 그걸로 만족하잖아. 음식도 조금씩만 줄여도 괜찮고, 운동도 조금씩만 늘려도 괜찮고, 중간에 잠깐 멈춰서도 괜찮아. 급하게 마음먹을 필요가 하나도 없어. 그러니까 제발 자신을 나무라지 마. 이때까지 온 게 없어지는 게 아니라 잠깐 서서 머뭇거리다 다시 앞으로 가면 되는 거야.

살 빼면 예뻐진 내 모습 때문에 자신을 사랑하게 되는 게 아니더라고. 남한테 베푸는 내 모습, 내가 하는 행동과 생각이 스스로 기특해야 자존감이 생기더라. 외모가 아름다워졌다고 해서 자신을 사랑하는 게 절대 아니더라. 내 몸을 진정으로 사랑할 줄 아는 멋진 여자가 되길 바라.

어때?
내 말이 맞는 거 같지?
흥분하지 마!
이대로 차분하게
시작해보는 거야!
알았지?

몸에 해로운 건 먹지 마

무시할 건가
잘 넘어갈 것인가
운동 권태기…!

연인 사이에도
권태기가 오듯
운동에도 권태기가 온다.

연인 사이에 권태기가 왔을 때
포기하면 끝나지만

같이 취미를 찾거나
진솔한 대화를 하거나
혹은

"헥! 헥! 헥!"
"나···
이뻐지고···
있는거···야···"

잘 넘어가면
전보다 더 단단해지는 것처럼

운동도 포기하면
망하는 거고
이겨 내면
더
단단해지는 거고

하루 한 끼 건강식 제발 지키자

Story

이 또한 지나가리라,
권태기는 지나가는 것

연인 사이에 권태기가 왔을 때 같이 취미를 공유하거나 대화를 하며 새로운 노력을 하는 것처럼, 운동 권태기가 왔을 때도 새로운 종목의 운동을 해 보는 게 좋아. 지겨운 러닝머신이나 근력 운동만 하는 게 아니라 밖에 나가서 걸어도 되고, 탁구나 테니스 같은 구기 종목을 해도 되고, 동영상 틀어 놓고 춤을 춰도 되고, 아니면 근력 운동 중 내가 좋아하는 동작만 쏙쏙 골라 하면서 운동의 끈을 놓지만 않으면 되는 거지. 연인이나 운동이나 처음엔 무지 설레잖아.

그런데 알지? 나중엔 다 거기서 거기야. 이게 좋다 저게 좋다, 스

퀴트가 짱이다, 런지가 짱이다 해도 결국 그놈이 그놈이야. 그냥
내가 더 잘하는 거 하면 되는 거야. 작은 거에 집착하지 말자고.
근데 걱정해 주는 척 은근 디스하는 운동 권태기 유발자들한테
는 한 번씩 같이 유치하게 굴어 줘.

"야! 너보다 이뻐질까 봐 쫄리냐?"
무시가 답이지만 밤새 이불 킥은 어쩔 건데?

"난 못 참아!!!!!
참다가 늙는다!"

콱!

최고로 좋고 맛있는 것을 먹어

그냥 확
다시 태어나 버려?!

하체 비만 야! 넌 다리가 이쁘잖아!
난 스키니 입으면 개돼지된다.

상체 비만 어후, 넌 허리가 한 줌이네!
난 뱃살 장난 아니야ㅜㅜㅜ

술 잘 먹는 애 야! 넌 그래도 술이라도 안 먹자나~
난 술 때문에 살 빼기 겁나 힘든 몸땡이야.

술 안 먹는 애 야! 넌 술만 안 먹어도 살 막 빠지자나~
난 안 빠짐…ㅜㅜ

어쭙이 너는 얼굴 작아 보이자나!
아ㅜㅜ 나는 완전 대갈장군이야.

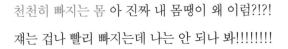

어깡이 여자는 어깨가 좁아야 이쁘지!
나는 등빨 좀 봐 남자들이 같이 사우나 가자고 한다!

천천히 빠지는 몸 아 진짜 내 몸땡이 왜 이럼?!?!
쟤는 겁나 빨리 빠지는데 나는 안 되나 봐!!!!!!!!!

반대로 급하게 살 빼고 초고속 요요가 온 경우
기껏 힘들여 빼 놨더니! 이렇게 허무하게 다시 쪄?!
진짜 지겹다, 지겨워!

Story

결국 나만 아니면
다 부러운 이야기

남의 떡이 커 보인다고 했다. 내 몸도 누군가에겐 부러운 몸이야. 병아리, 네가 얼마나 예쁘고 빛나는 사람인지 모르지? 다른 사람 장점만 찾고 자신과 비교하면서 자신을 자꾸 깎아 내리지 말고 내 몸을 좀 사랑하고 아껴 줘.

몸이 왜 이러는지 좀 이해해 줘. 몸도 이쁘다, 이쁘다 해야 이쁜 짓을 하는 거래. 빨리 빼면 그만큼 몸에 못된 짓을 한 거야. 갑자기 빨리 빼면 안 되는 거 위험한 거 알고 있잖아. 빼는 기간 그 기간만 위험하다고 생각하는 거야? 다 뺐다고 해서 내 몸에 한 짓이 없어지지 않아. 그렇게 급하게 빼서 유지한다고?

급하게 빼서 유지하는 삶이란 지옥에서 사는 삶이야. 일반식만 보면 살찔까 무서워 벌벌 떨며 살아야 하는 다이어트 지옥. 인간의 욕구, 그리고 몸은 우리가 마음먹는다고 좌지우지할 수 있는 게 아니야. 내 몸한테 못된 짓을 했다면 응당 벌을 받게 되어 있어. 다시 돌아가서 다시 해야 숨 좀 쉬고 사는 거야. 내가 한 달에 2.5kg 이상 빼지 말랬잖아.

고도비만도 똑같아. 고도비만이니까 당연히 남들보다 오래 걸려. 이미 한 달에 10kg를 빼 버렸다면 원래대로 일반식 먹는 순간 6~7kg 요요 올 거 각오하고 일반식 먹어 가며 운동을 놓지 마. 그리고 다시 2kg씩 빼는 거야.

그리고 제발 남들과 비교하지 마. 사람의 몸은 모두 다르지. 빨리 빠지면 그만큼 정체기가 길어져. 결국엔 똑같아. 정체기가 왔으면 기다려 줘야 해. 세포도 자리 잡아야 하는 시간이 필요하거든. 사람이 계속 살이 빠지면 죽지 않겠어? 약의 도움을 받으면 몸은 결국 상하고 말아.

정체기에는 하던 패턴 그대로 유지해. 그래야 나 자신을 지킬 수 있는 거야. 사람의 몸은 장기도, 뇌세포도 자리 잡는 시간이 꼭 필요해. 피부층이 줄어드는 시간도 마찬가지야. 빨리 빠지면 살이 늘어지고 처지는 거야. 살 빼도 늙어 보이면 무슨 소용이겠어? 다이어트는 바로 눈앞에 나타나지 않을지라도 멀리 봐야 해. 알겠지?

소중한 내 몸에 좋은 음식만 넣어주자

다시 쩌 보니까
확실히 알겠더라

"살이 찌면 짜증이 난다."

실이 찌면 만사가 짜증나고
컨트롤 안 되고 게을러지고
입으로만 다이어트하고
또 먹고
후회하고

그런 내 자신이 싫고 짜증나서
자존감은 낮아만 지고

짜증이 너무 나서
자꾸 예민하고
어디 나가려 해도 옷도 없어.
아오!

헐…

"그러다 보니 자꾸만
'내 인성이 이거밖에 안 되나'
싶고 작아지고 말야… 쮄장!"

뭐든 많이 먹을 생각하지 마

직접 겪었노라.
살을 빼면 나타나는 현상들

직접 몸으로 겪어 본 결과 살을 '적당히' 빼는 과정에서 나타나다가 '다' 빼고 나면 사라지는 현상들을 모아 봤어.

얼굴이 녹아내리고 늙어 보이는 현상 → 다 빼고 나면 더 탱탱해짐

피부가 뒤집어지고 거칠어지는 현상 → 원래대로 돌아옴

변비 현상 → 나중엔 더 잘 나옴

살이 늘어지고 처지는 현상 → 탄력 생김

특정 부위만 안 빠져서 더 이상해 보이는 현상 → 얼굴만, 가슴만, 상체만

빠지다가 나중엔 밸런스 맞춰짐

무릎살, 하체 운동하다 보니 진짜 빠진다.

셀룰라이트, 운동하다 보면 진짜 없어진다.

어줍이&굽은 어깨, 진짜 많이 좋아지고 넓어진다.

허리 통짜 일자 허리, 진짜 들어간다.

미운 겨드랑이 살, 빠진다.

배꼽 모양, 일자로 바뀐다.

출산&잦은 다이어트로 처진 살, 진짜 극복 가능하다.

고로
다이어트는
인생개조 프로젝트다

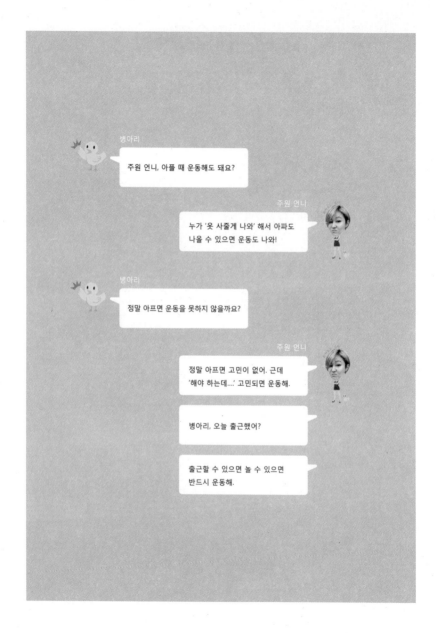

출근할 수 있으면
운동할 수 있다

이거 물어볼 정도라면, 언니 자신도 아리까리~ 한 거다.

하자니 무리하는 것 같고
안 하자니 그 정도로 아픈 것 같지는 않아서
찝찝한 거 아니야? 그럼 해야지.

내 몸이 정말 아프면
운동 생각조차도 안 나거든.

난 그랬어. 출근 = 운동

열심히 굶지 말고 똑똑하게 다이어트 하자!

돈 벌 수 있으면
건강도 챙길 수 있어

내 건강보다 중요한 건 아무것도 없어. 건강이 돈보다 중요해? 나는 아파도 출근할 수 있을 정도면 가볍게라도 운동을 거르지 않았어. 병가 내고 쉬어야 할 정도로 아프면 당연히 운동은 시도조차 못할 거야. 운동선수도 아니고 돈 벌러 회사도 못 가는데 무슨 운동이야. 회사 병가내고 운동하는 거 걸렸다가는 이상한 여자로 찍히고 왕따된다. 뻥쟁이+양치기 소녀 예약이지.

'운동을 매일 하면 안 좋지 않아요?'
'여기가 아파요~ 저기가 아파요~'

이런 부정적인 말 노노! 운동은 웬만해서는 매일 매일 하는 게 좋아. 하루 안 하면 하기 싫은 게 운동이고, 격일로 다르게 하자니 까먹어서 하기 싫고, 피치 못해 하루 빠지게 되는 날이라도 오면 운동과 급한 일 중 무엇을 우선해야 할지 혼란이 와서 하기 싫잖아? 그래서 진짜 마음먹고 살 뺄 때는 매일 운동하는 게 좋아.

"아랐찌?
이쁜 병아리들~~"

다이어트에 지름길은 없다

헬스클럽 등록
팁을 알려 주마

헬스클럽 등록 꿀팁

첫째, 청결한가?

둘째, 샤워 시설은 잘 구비되어 있는가?

셋째, 사람이 몰릴 시간에 가볼 것(월~수 저녁 7~8시)

그 시간에 기구를 이용할 수 있는가?

넷째, 트레이너 선생님의 표정이 밝고 친절한가?

다섯째, 가격은 합리적인가?

…는 개뿔!

다 필요 없고
이거 하나면 된다.

가까운가?

애인 고르듯
트레이너를 골라

병아리 님

내 운동 스타일에 맞춰 플랜을 짜 주고
시간 약속 잘 지켜 주는
트레이너를 만나세요.

나에게 관심은 얼마나 있는지.
내 상태를 기록하는지 살펴보시구요.

스쿼트 할 때 무릎을 아파 하는지

어떤 부분 운동을 힘들어하는지

어디에 근육통이 왔는지
운동한 부위 중 올바른 곳에 통증이 온 건지

관심 갖고 지도 중인
회원은
반드시
체크하게 돼
있거든요.

"어머! 어머!
등뼈가
만져지려고
··· 하는데요?!"

나 자신을 믿어

Story

돈이 아깝지 않을
트레이너를 만나자

얼마 전 예전의 나를 보는 것 같은 사람이 왔어. 그래서 내가 말을 걸었지.

"실만 빼면 얼굴은 예쁠 것 같은데!! 이런 말만 들어도 치가 떨리죠?"

그 말 하자마자 울컥 그 사람 눈시울이 붉어지더라.

"하… 10kg 빼서는 티도 안 나고 요요는 KTX보다 더 빨라요 젠장! 제가 진짜 살 뺄 수나 있을까요? 아… 진짜 빼고 싶어요."

그래서 내가 그랬지.

"몰라서 그래요. 제가 알려 줄게요. 뭐든 언제든 물어봐요. 뺄 수 있어요."

그런데 며칠간 운동을 매일 나오면서도 이상하게 질문을 하지 않는 거야. 그래서 이유를 물어보니, 이번 달은 여유가 없다는 거야. 따로 PT를 등록하지 않았으니 뭔가 물어보면 안 될 것 같고 괜히 방해하는 것 같다는 거지. 바쁘다 보니 따로 한 사람 한 사람 챙기지 못해. 꼭 질문을 해 달라 아무리 당부를 해도 좀처럼 개선이 안 되는 거야.

어쩌다 헬스 문화가 이렇게 자리 잡혔는지 원! 유능한 트레이너는 많아지고 재밌고, 효과 좋은 운동법도 점점 많아지는데 정작 흔쾌히 PT를 할 여유가 없는 서민층은 더더욱 움츠러드는 게 아닐까.

내가 하려는 말은 용기를 갖고 트레이너에게 먼저 조언을 구하라는 거야. 트레이너도 성격이 제각각이라 내성적인 분들도 꽤나 많거든. PT 안 해도 괜찮아! 먼저 용기를 내서 물어보기만 해봐. 다만, 뜬금없이 살 빼는 법 알려 달라거나 기구 사용법을 묻기보다 구체적으로 허벅지 운동, 뱃살 운동 등 내가 배우고 싶은 운동을 미리 생각해서 조언을 구한다면 귀찮아 할 트레이너는 없을 거야.

돈만 생각하고 이 직업을 선택한 트레이너가 몇이나 될까. 대부분 운동에 즐거움을 느끼고 푹 빠져 사는 사람들이라 자신들의

긍정적인 말만 들어

조언으로 누군가 건강해진다면 그걸로 희열을 느끼고 사는 사람들이야. 헬스비만 모아서 바로 등록해. 트레이너가 있는 곳으로. 울룩불룩 무뚝뚝해보이지만 모두가 좋은 선생님이니까.

그러면 나에게 꼭 맞는 헬스 트레이너를 찾는 방법은 뭘까? PT를 받게 되면 운동을 재밌게 하고 싶게 만들어주는지가 중요해. 사실 트레이너 역량은 비슷해. 다 거기서 거기야. 트레이너와 대화를 나눠 봤을 때 나와 코드가 맞는지를 알아야 해. 열정이 있는지 준비가 되어 있는지.
'뭐하고 싶어요?'라고 묻는 트레이너는 안 돼.
'오늘은 무엇을 할 겁니다'
'오늘 하실 운동은 이러이러한 것들이에요'라고 말해 주고 또 말한 그대로 수업을 진행해 주는지 잘 지켜보는 거야.
트레이너가 미리 준비하고 짜 왔는지를 체크해 봐. 성향을 잘 파악하고 말의 스타일도 체크해. 말을 내뱉거나 쓸데없이 에둘러 하는 등 말투도 중요하겠지? 동작마다 사용되는 근육이 다르고 근육통도 그에 맞게 오는 거니까. 운동 후 느껴지는 근육통을 이야기해 보고 잘못된 점은 없는지 체크도 받고. 좋은 트레이너는 무리가 가는 운동은 피해서 가르치려고 무척 노력하는 사람이거든.

PT 등록! 꼭 해야 할까?

이 글은 트레이너가 하는 조언이 아니라 일반인 다이어터 시절로 돌아가 경험담을 얘기해 볼까 해. 내 주관적인 견해임을 밝힐게. 일반인들은 최소 3개월은 혼자 해 보고 내가 뭘 모르는지 무슨 운동이 취약한지 정도는 알고 가는 게 좋아. 그래야 PT 끝나고 나서 다시 살이 찌면 100퍼 '에이 돈 날렸네!'라고 생각하지 않을 수 있어.

오늘 내가 어느 부분을 운동하는지, 무슨 운동을 하는지 정도는 인지할 수 있는 상태여야 PT에 돈을 투자한 만큼 가져갈 수 있어. 아무것도 모르는 '무'의 상태로 시작하면 PT하는 내내 힘들기만 하고 '무'의 상태로 살만 좀 빠지고 끝나.

그러면 트레이너에게 의존하게 되겠지? 혼자 운동을 못하게 되는 거지. 하지만 혼자 운동도 해 봐야 PT를 하면 확실히 다르다는 걸 느낄 수 있어.

이미 어쩔 수 없는 건 쿨하게 잊자

자세부터 제대로 배우고 운동해야 한다고들 하지? 자세는 운동 동영상을 시청하고 따라 하다 보면 어느 정도 배울 수 있어.

운동 준비물은 '매트와 나'면 충분해. 홈트만으로도 충분히 운동 효과를 볼 수 있어. 나도 80%를 홈트로 뺐거든. 헬스장 등록해 놔도 집이 편했어. 주위 시선을 많이 의식해서 집에서 해야 동작이 더 잘 됐어. 헬스장에서 하는 운동, 집에서 하는 거랑 다를 게 하나도 없어.

홈트할 때 보통 맨발로 했는데, 하체 운동할 때 맨발이 오히려 더 좋다고 하더라고. 중량을 안 들어도 근력 운동도 할 수 있어. 몸을 크게 키우고 싶은 부위가 있다면 중량을 들어야 하지만 탄력을 만들고 힘을 기르고 싶다면 맨몸으로도 충분해.

마법의 날,
치팅 데이

"삼 일··· 삼 일···
삼 일 후면 먹으리···
기름지고 고칼인 너희와
만나리···."

뭐가 먹고 싶을 때마다
금단의 음식까지
마음껏 먹을 수 있는
그날을 생각해.

바로 치.팅.데.이.

이날 먹을 버킷리스트를
써두는 것도
소소한 힐링!

병아리, 자책하지 마

치팅 데이는 빵, 과자, 아이스크림 등
10000kcal까지 마음껏 먹는 날

일주일에 하루는 치팅 데이를 꼭 갖는 게 좋아. 술만 빼고 10000 칼로리까지 아무거나 다 먹는데, 폭식과 요요를 예방하고 정신 건강에 좋지. 폭식은 굉장한 죄책감과 스트레스 때문에 일주일 내내 폭식을 가져올 확률이 높아. 갑자기 확 돌아서 하는 폭식이 아니라 요일을 정해 놓고 마음껏 먹는 거야. 죄책감 없이, 정말 행복하게 꼭 먹고 싶던 음식으로만!

단, 주의 사항은 잠들기 4시간 전부터 물 외에는 아무것도 먹지 않아야 해. 그 전에 흡입해.

지킬 수 있는
나만의 룰을 정해서
식단을 디자인해

1년 이상 쭉 유지할 수 없는
무리한 식단은 넣어둬.
닭가슴살, 방울토마토, 고구마, 저염식 다이어트
언제까지 할 수 있어?

언니들,
식탐이 무지하게 강한 거 다 알아.

그런 것만 먹고 살 빼면
세상 무슨 재미로 살아?

운동을 하면 스트레스가 풀린다

주 6일은 때려 죽여도 이건 먹지 마.
치팅 데이 제외하고!

식욕은 인간의 3대 욕구니까 우리가 어쩔 수 없는 것이고. 외식, 회식이 불가피한 현대인들이라 도시락만 싸들고 다니는 건 무리야. 하지만 자신의 의지만으로 먹지 않을 수 있는 것들을 기억해 두는 건 얼마든지 할 수 있지.

다이어트에 성공하고 싶다면 이 금지 음식만은 치팅 데이 외에는 입에도 대지 말자!

"바로 이런 거!"

[금지 음식 리스트]

1. 과자   2. 빵   3. 떡

4. 아이스크림   5. 탄산음료   6. 설탕 들어간 음료수

7. 초콜릿   8. 카페모카 등 휘핑크림   9. 가공된 통조림 과일

※ 절대 금지

1. 술

치팅 데이에도 목표 달성 기간까지 절대 금지

2. 갑자기 얻어 먹는 음식

세 끼 식사 외에 먹고 싶은 건 자기 돈 주고 사 먹기.

급땡기는 음식은 나가서 사 먹고 집으로 가져오지 말기.

운동으로 에너지를 쏟아!

Tip 다이어트 식단, 이건 꼭 지킬 것

1. 요리, 반찬을 많이 먹고 밥은 1/3 공기만 먹는다.

음식은 최대한 싱겁게 먹을 것.

2. 사탕 한 개라도 무엇이든 먹기 전에 물 500ml를 원 샷한다.

이거 역시 몸에 별로 좋진 않지만 비만보다는 낫다고 생각해.

3. 하얀 푸드는 무조건 1/3만 섭취한다.

하얀 푸드란 밥류(잡곡, 쌀 포함), 빵, 면, 과자, 유지방 아이스크림

등을 말해.

이런 음식들은 먹어도 배 안 부르는 이상한 음식이야.

차라리 족발이나 삼겹살, 치느님을 먹는 게 훨씬 나아!

허벅지

필레스쿼트

1

2

3

1 양발은 어깨너비보다 넓게! 발끝은 바깥 사선으로
2 허벅지 안쪽을 늘려서 앉기
3 7cm 정도만 일어났다가 앉았다 후~

운동 동영상 보기
언니 믿고 따라와 ↑

운동하는 시간 동안은 마음을 비울 수 있다

허벅지

스쿼트사이드킥

1 양발은 어깨너비로 벌리고 서서
2 스쿼트하고
3 다시 서서 옆으로 다리를 킥!
4 반대도 킥! 마시고 후~

운동 동영상 보기
언니 믿고 따라와 ↑

허벅지

고정사이드런지

1

2

3

1 양발은 어깨너비보다 넓게 벌리고
2 무릎 구부리고 반대쪽 허벅지 한쪽을 구부리면서 엉덩이를 뒤로 빼!
  무릎이 안으로 모아지지 않도록 앉았다가 일어나면서 후~
3 반대쪽도 똑같이!

운동 동영상 보기
언니 믿고 따라와 ↑

155   **목표를 이룰 때까지 절제하며 살자**

우리가 라면 물을 올리고 있을 때
날씬한 애들은 반신욕하고
향초 켜고 다리 마사지한다.

PART 4

여자로 태어나서
우리도
여리여리하게
좀 살아보자

솟구치는 의지력
+멀쩡한 신체
+긍정적 마인드

다이어트 하면서
멘탈이 제일 중요한 거 알지?

내 다이어트 시절 사진은
뚱뚱할 때든
통통할 때든
항상 자신감 넘치는 표정이었어.

"나 웃을 때
좀 예쁜 듯~?"

누가 뭐라고 하면 어때?!
저때도 난 항상
멘탈트레이닝 중이었다는 게
중요한 거지.

절대 무너지지 않고 나를 믿는 것!
그게 내가 다이어트에 성공할 수 있었던
최고의 비법이야.

한번 해 봐.
이상한 여자로 보이긴 하겠지만
효과 완전 보장

멋있는 여자가 되는 길
나와 함께
한 걸음씩
앞으로 걸어가 보자.

웬만하면 걸어 다니자

Story

긍정적으로,
언니가 세상에서 제일 빛나

긍정적인 마인드는 다이어트에 성공하는 데 가장 큰 역할을 해.
몸무게 때문에 자학하거나 우울하거나 불쾌감을 느끼는 병아리
들이 있니?
그렇다면 이렇게 생각해보는 건 어떨까.
나 자신이 다이어트를 위해 할 수 있는 일이 무엇이고, 그 일을
어떻게 해야 하며, 성공할 수 있는 방법에 대해 고민해봐.
체중 감량 전쟁에서 흔들리지 않을 자신감! 이것만 갖고 있다면
부정적인 생각을 떨칠 수 있어. 몸무게 수치 하나 때문에 죄의식
과 수치심이라는 부정적인 생각을 갖지 마.
식습관 장애가 생길 수도 있거든. 장기적인 안목으로 다이어트
계획을 세우는 건 어떨까.

체지방 축적하지 말고
좋은 에너지 가득
충전하자

식단 운동
진짜 열심히 하던 중
못 참고 과식을 해 버리거나
요새 운동이
너무 가기 싫어서 안 한다거나
그럴 때

'아… 다 망했어.'
하고 좌절해 버리고 그러는데
그러지 마.

다이어트로 또 다른 나를 발견할 수 있어

그동안 해 왔던 노력이
없어지는 것도 아니고
잠시 쉬었다고 해서
멈춰야 하는 것도 아냐.

그냥
오늘부터
다시 하면 돼.

그러다 보면
많은 선이 꼭짓점처럼
연결돼 예쁜 바디를 가진
우리가 되는 거거든.
알았지?

다이어트에 대한 지나친 생각이
과식을 부른다

웹툰 〈다이어터〉에서 나온 내용이긴 한데 한번 생각해 보자. 만약 우리가 집을 짓는 중이라면, 어쩌다 잘못 박힌 못 하나로 집 전체에 이상이 생기거나 무너지는 건 아니잖아. 그치? 그저, 못을 뽑고 제대로 다시 박으면 될 일이니까.

우리 몸도 마찬가지야. 지금껏 열심히 해 왔다면 실수 한 번에 와르르 무너지지 않아. 실수를 했다면 다시 원상태로 돌리면 돼. 못을 뽑고 다시 박는 것처럼 아주 잠시 시간이 지체되는 것뿐이야. 우리는 다이어트를 제외한 다른 모든 삶의 영역에서는 관대한 마음으로 실수의 여지를 허락해. 야구 선수를 봐. 타율이 4할만

돼도 명예의 전당에 이름을 올라. 농구 선수가 올스타가 되기 위해서는 던진 공 중 절반만 성공하면 돼. 변호사도 마찬가지야. 모든 소송에서 항상 이기는 건 아니잖아.

사실 우리는 매일 크고 작은 실수를 저질러. 우리는 그런 실수로부터 교훈을 얻거나 똑같은 실수를 반복하지 않으려고 노력하거나 적어도 실수로 인한 피해를 최소화할 수 있는 법이라도 배우려고 애써. 그런데 유독 다이어트에 대해서는 정확성을 고집해. 한 치의 잘못이나 실수도 용납하려 하지 않지. 어떤 이유가 있더라도 일단 원래 계획으로부터 1cm만 일탈하면 모든 상황은 종료돼.

"에라, 다이어트는 물 건너갔으니 오늘 저녁은 치킨에 맥주, 실컷 먹어 버리자"고.

다이어트에 따른 죄의식, 가끔 건강에 좋지 않은 음식을 양껏 먹었을 때 따르는 죄의식으로부터 벗어나는 건 어떨까. 네가 먹는 한 조각의 피자나 케이크가 다이어트의 운명을 결정짓는 것이 아니라는 걸 꼭 알아 뒀으면 해. 치명적인 지방과 체중 증가를 부르는 것은 두 번째, 세 번째, 네 번째로 먹는 피자가 축적된 결과야.

좌절하고 죄의식을 가지는 대신 자신한테 이렇게 말해줘. '괜찮아! 그럴 수도 있지!'라고. 자책하고 무너지지 않아도 돼. 아니, 무너져서는 안 돼. 처음부터 다시 시작이 아니야. 그저 다시 진행하는 것뿐이지. 네 몸의 반응에 귀를 기울이고 욕구와 감정에 현명하게 대처해야 해. 그렇게 되면 시간이 지남에 따라 올바르게 먹는 법과 내 안의 식욕을 다스리는 법을 자연스럽게 알게 될 거야. 그때쯤이면 올바른 식습관에 대한 강박관념에서 벗어나 자신이 저지를 사소한 잘못 가지고 괴로워하지 않겠지.

모든 사람이 그런 과정을 누구나 거치고 있고, 그 과정을 거치고 다시 일어선 그녀들이 있을 뿐이야. 원래 그랬어. 그러니까 사소한 거에 매달리지 말고 큰 걸 보자. 큰 걸 보자구! 안 빠지는 살은 없어.

**결국에
다 빠져!
믿어!
언니, 믿지?**

세상의 주인공은
너

가끔 그림자가 드리울 때면
내 뒤로 뚱뚱했던 예전의 내 그림자가
따라다니는 거 같아
무서울 때가 있어.

그럴 때마다
운동에
더
집착하곤 했어.

축 늘어진 옆구리 살이
조금씩 쫄깃해지고

힘없던 엉덩이가
봉긋봉긋해지고

밖으로 퍼진 엉덩이가
동글동글해지는 걸

느낄 때마다

조금씩
그
두려움은
자리를 잃어 가.

남 챙기지 말고
나 좀 살뜰하게 챙깁시다

나한테 어떻게 먹을 걸 조절하는지, 운동하기 싫을 때, 슬럼프가 올 때, 무슨 힘으로 극복하는지 많이 묻곤 해. 근데 그냥 독하게 마음먹은 게 가장 컸어.

살을 빼야 되니까. 아직 뺄 살이 많으니까 해야 했지. 머릿속은 온통 식탐으로 꽉 차 있어도 침 닦아 가면서 참았어. 그렇게 억지로 운동화 끈을 매고 밖으로 나가곤 했던 거야.

예전에 잠 잘 시간도 거의 없을 만큼 꽤나 바쁘고 힘들게 일했던 때가 있어. 그러다 보니 러닝머신 위에서 그만 굴러떨어진 거야. 나 그때 쪽팔린 것도 모르고 헬스장 바닥에 자빠져서 엉엉 울었다! 진짜 너무 짜증나서 1년 넘게 70㎏대에서 요지부동인 나도 너무 싫고, 이 상황도 싫고, 돈도 없고 시간도 없고, 나는 왜 이렇게 찌질한 건지. 너무 내가 싫어서 울었어.

겁나 울고 기분이 좀 나아지고 보니까 그제야 굉장한 쪽팔림이 밀려왔는데 '짜증이라는 감정이 참 사람 죽이는 거구나' 생각이 들더라.

상황이 나아져서 기분이 나아진 걸까? 아니, 어차피 현실은 시궁창이야. 뭐 어떡할 거야. 짜증 낸다고 달라질 거 하나도 없는데. 생각하기 나름이더라고.

일할 때도 짜증나서 엎어 버리고 나올까 싶다가도 다시 일하게 되잖아? 그것만 생각해. 뭐가 나한테 이득이 될지. 당분간 그렇게 좀 살라고. 남 눈치 좀 그만 보고.

내가 바뀌자
세상이 바꼈다

병아리

언니! 저 요즘 슬럼프 와서
완전 정신 못 차리고 있어요ㅠㅠ

정신 차리라고 따끔하게 욕 좀
해 주세요!!

주원 언니

칭찬을 해 줘야지 왜 혼을 내?

슬럼프가 왔다는 건 네가 그동안
열심히 달려왔다는 거야.

거의 다 왔다고!

**절대 포기하지 마.
너의 리즈 시절은
아직 입구에도
못 왔으니까**

아, 내가 뭐하고 있는 건가.
나 까짓게 살 좀 뺀다고 뭐 대단하게 달라지겠어?
난 어차피 해도 안 될 거야.
혹시 이렇게 자꾸만 작아지고 있어? 아니!

너 정말 예뻐질 거야.
너는 상상도 할 수 없을 만큼 예뻐질 거야.
네가 얼마나 예쁘고 빛나는 여잔데.

두고 봐. 세상에서 제일 빛날 거야.

넌 긁지 않는 복권이야

Story

몸과 뇌가 딜을 하는 시간.
기다려 줘. 기다려 주면 분명히 지나간다

병아리들아. 처음 시작은 희망에 가득 차고 며칠은 근육통도 즐겁고 뿌듯할 거야. 날씬해질 내 모습을 상상하며 주린 배를 부여잡고 꾹꾹 참아지기도 할 거야. 하지만 무조건 큰 고난이 닥치게 될 거야. 단 한 명의 예외도 없고 피할 수 없는 고난이 올 거야. 누구든 예외 없이 찾아오는 고난, 바로 슬럼프야.

살이 진심 1도 안 빠지거나 운동하다 부상을 입거나 이길 수 없는 싸움인 것 같은 생각에 혼란스럽거나 짜증나고 승질 나는데 음식만이 날 위로해 줄 것만 같고. 다 먹고살자고 하는 건데 왜 이러고 있나 싶고. 빼 봤자 나란 게 뭐 그리 대단하겠나 싶고. 그냥 이대로 속 편하게 살자 싶고.

해도 해도 허벅지란 놈은 점점 거대해지기만 하고. 전 같으면 쿨하게 받아쳤을 주변 사람 생각 없는 한마디에 멘탈탈탈 털리는 그런 날.

나도 겪었고 병아리들도 겪을 그런 날.

분명 올 거야.

"무조건 올
이날을 대비해.
그러니 멘탈에도
근육을 붙여 놔야
한단 말이지."

살찐 사람이 살 빼면 날씬이들보다 더 예뻐

여자로 태어나서
우리도 여리여리하게
좀 살아보자

아침이 다이어트 성패를 좌우해.
여리여리 열매를 먹는 미션!

1. 일어나자마자 기지개 펴기

2. 오바스럽게 이불 털기

3. 물 한 컵 원샷

"아흠~
잘~ 잤다!"

4. 화장실에 가서 공복 복부 상태 체크

그나마 이때가 제일 봐줄 만함

5. 아.에.이.오.우

볼썽사납게 입을 최대한 쫙쫙 찢어!

다섯 번씩! 매일매일!

얼굴도 근육운동이 필요하다!

6. '개구리 뒷다리~' 미소 연습

쓸데없이 내 다이어트에 관심 많은

오지라퍼들에게 싸악 웃어 줄 연습을 하는 거야!!

7. 마지막 거울 보기

"너 쫌 괜찮은데? 팔꿈치 하나는 예술이야!"

숨겨진 내 신체 부위 장점 찾기

이제 안녕!
나쁜 습관 버리기

하나, 바른 자세 유지하기

구부정하게 허리를 구부리고 있는 건 허리 통증뿐만 아니라 뱃살의 주범이야. 다리 꼬고 앉거나 짝다리로 서 있는 건 허벅지와 종아리를 뚱뚱하게 만들어. 바르고 예쁜 자세를 수시로 체크해 볼 것. 3kg은 더 날씬해 보인다.

둘, 식사 후 바로 앉지 말기

하체 비만 탈출하려면 꼭 고쳐야 할 습관이야. 사무직 여성들이 허벅지와 엉덩이에 살이 찌는 원인은 다양한데, 먼저 호르몬과 관계가 있어. 연령에 따라 우리 몸의 호르몬 분비가 조절되면서,

체중이 늘 때는 허벅지와 엉덩이에 지방이 붙고, 체중이 빠질 때는 지방 분해 효소의 활동성이 높은 얼굴이 먼저 빠지고 가장 나중에 허벅지와 엉덩이의 지방이 줄어들어. 우리 몸은 움직임이 적어 혈관이 잘 발달되지 못한 배나 허리, 엉덩이, 허벅지 부위에 지방을 축적하는 특성이 있어. 장시간 움직이지 않고, 식사 후 바로 의자에 앉는 습관이 허벅지와 엉덩이에 살을 찌우는 원인이라 할 수 있어.

생활 속 움직임만큼 효과 좋은 다이어트는 없어. 일어나서 주변 청소부터 깨끗이 하고 나의 생활 습관을 천천히 체크해 보자. 하루 다섯 번 스트레칭하기, 화장실 갈 때마다 스쿼트 다섯 번 하기, 엘리베이터 말고 계단 이용하기, 내 방 털어도 먼지 안 나게 청소하기, 달달이 대신 아메리카노나 허브티 선택하기 등 일상에서 날씬해지는 나만의 습관을 만들어 보도록 해. 그리고 가장 중요한 것, 무조건 매일 기분 좋은 하루 보내기. 행복해야 날씬해진다.

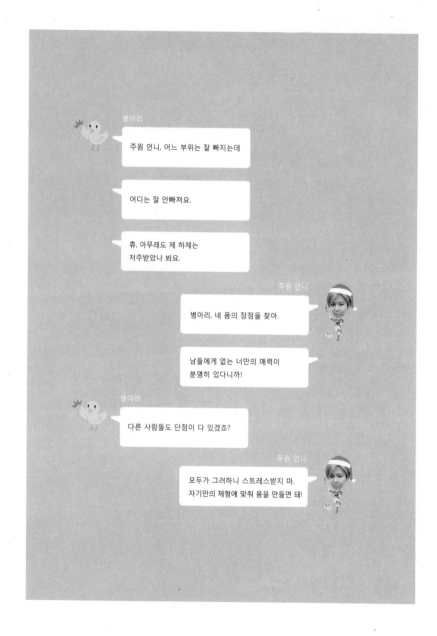

병아리
주원 언니, 어느 부위는 잘 빠지는데

어디는 잘 안빠져요.

휴, 아무래도 제 하체는
저주받았나 봐요.

주원 언니
병아리, 네 몸의 장점을 찾아.

남들에게 없는 너만의 매력이
분명히 있다니까!

병아리
다른 사람들도 단점이 다 있겠죠?

주원 언니
모두가 그러하니 스트레스받지 마.
자기만의 체형에 맞춰 몸을 만들면 돼!

다이어트, 진리는 정신개조

자신의 가장 빛나는
매력 찾기,
올해엔 꼭 찾아야 할
숙제다

가장 안 빠지는 부위가
하체라면 잘록한 허리와 복근에
포커스를 맞추고

"얼레!
이 개미허리
좀 보소!"

상체라면 매끈하고 섹시한 다리와
힙업에 포커스를 맞춰야 해.

때려 죽여도
운동한다고 다리가 길어지거나
대두가 소두 되지 않아.

누구보다도 아름다워 질 수 있어

사신의 단점을 잘 파악해서
보완하는 것이
바로
바디 쉐이핑

가장 늦게 빠지는 부위에 집착하지 말고
내 장점을 살려
느긋하게 그 부위는
기다리는 게
바로
다이어트 성공 비법

내 멘탈은 소중하니까.

"캬~"
"이 날씬한!
단연 혼자 돋보이는!
힙과 종아리 좀 봐!
어머머~, 어머머~."

나 자신을 사랑해야
사랑받을 수 있다

50kg을 감량하고 자신감이 생긴 건 내 외모가 마음에 들어서가 아니야. 스스로 '해냈다'는 성취감 때문이었어. 나도 뭔가 할 수 있다는 희망. 노력하면 바뀔 수 있다는 걸 직접 몸으로 체험해 보니 매일 비관적이고 억울하기만 했던 내 인생에서 다른 모든 일도 도전해 볼 용기가 생긴 거야.

내가 자주 했던 말인데 인간은 배신하지만 몸은 절대 배신하지 않아.
'내가? 난 안 될 거야'라고 의심하지 마. 작아지지 마. 의심하고 작아지는 그 감정 뒤에 숨지 마. 최소 6개월은 꾸준히 먹고 싶은

것도 못 먹고, 배고픔에 매일 잠을 설치고, 근육통에 시달리면서
도 운동하고, 잠이 부족해도 운동하고, 친구들 만날 시간도 없는
그 절제된 생활을 시작할 준비가 안 된 거 아닐까?

병아리들아!
너는 다른 사람들에게 어떤 모습으로 비춰지고 싶어?
너는 어디서든 가장 빛나. 정말 네가 최고야! 스스로 그 빛을 가
려 버릴 거야? 뚱뚱해서 누군가가 나를 싫어할 거라고? 살 때문
이 아냐! 네가 널 보는 그 시선이 문제야. 네가 바라보는 시선으
로 다른 사람도 널 볼 거야.

병아리들에게 가장 필요한 트레이닝은 운동이고 식단이고 나발
이고 자신을 미워하지 않도록 노력하는 거야. 스스로를 제대로
바라보는 연습, 나의 미운 점만 보지 않는 연습이 필요해. 지금
그대로도 충분히 아름답게 매력 넘치는 여자라는 걸, 네 미소는
세상 모든 사람을 기분 좋게 해 준다는 걸 어디서든 가장 빛나는
여자라는 걸 제대로 바라봐주는 연습, 가장 어려운 관문이자 꼭
넘어야 할 관문이야.
제발 네 스스로를 함부로 대하지 말아 줘.

안티에이징
머신

20대 때는 2배속
30대 때는 3배속
40대 때는 4배속
넘나 슬픈 것

하지만 걱정 마!
나이 천천히 먹는 법이
있거든.

"시간이⋯ 시간이⋯
멈췄나⋯?"

내 자신을 컨트롤 할 수 있는 것으로부터 모든 인내가 시작된다

러닝머신에 올라가 봐!
시공간이 늘어난다.

아 진짜로!
1분이 10분같이
느리게 가는 기적을
경험할 수 있을 거야.

오늘,
운동 뭐할 거야?

내가 해 주고 싶은 얘기는 '오늘, 운동 뭐하지?'야. 집에서 운동 하려고 마음먹었는데 혹은 헬스장에 가긴 갔는데 운동 뭘 해야 할지 몰라서 여기저기 기웃거리다 오는 언니들 많지? 여기저기 서 동영상은 많이 봤는데 갑자기 헬스장만 가면 머릿속이 새하 얘지면서 "난 아무것도 몰라요~~"가 되는 경험 말이야. 나는 있 지. 저녁에 다음 날 운동을 정해 놓고 자.

'음… 오늘 하체를 했으니까 내일은 등이랑 팔 운동을 해야겠다. 옆구리 운동도 좀 해야지.'

이렇게 부위를 정해 놓으면 하루 종일 설레기도 하고.

'등 운동이 뭐가 있더라?'하며 운동 영상을 찾게 되고 볼 때 좀

디 구체적으로 보게 되지.

내가 지금껏 운동하며, 또 수많은 병아리를 트레이닝하며 얻은 결과는 여자들은 내가 [어디] 운동하는지 확실히 알면 파워가 업 된다는 기야.

"다 죽어 가다가도 내가~
여기 엉밑살!!!!!
했더니 갑자기 초인적인 힘을
발휘하더라니까."

저는 살 빼면 몸에 붙는 운동복
입고 밖에 돌아다니고 싶어요!

언니도 살 빼면 해 보고 싶었던 게
있었어요?

워너비 스타일의 서양 언니들이 입는
옷 입고

포즈 따라 해서 사진 찍는 거,
있었지ㅎ

살 빼면 인생 사진도 건질 수 있어!
내 인생 사진 하나 투척할게ㅎㅎ

병아리들은 더 예쁘게 찍힐 거야!

다이어터에게 먹방은 일주일에 단 하루뿐!

다이어트 성공 후
버킷리스트,
다들 하나씩은 가지고 있지?

굴욕 없는 비키니핏
몸에 딱 붙는 트레이닝복 입기
니트만 입었을 뿐인데 여리여리한 느낌 폴폴 나기
눈치 안 보고 마음껏 음식 먹기
바디 프로필 찍기

버킷리스트,
다이어트 성공의
지름길

"꿈이냐~
생시냐~
갖고 싶다~
요런 뒤태."

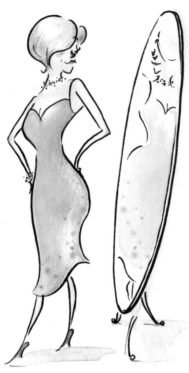

오늘부터 당장 운동하자

Tip 버킷리스트를 작성해 봐.
다이어트 여정에 한 줄기 빛이 될 거야.

1 _____

2 _____

3 _____

4 _____

5 _____

6 _____

7 _____

8 _____

9 _____

10 _____

진정한 다이어트 성공

지긋지긋한 다이어트의 끝

슬로우 다이어트가 끝난 후

유지어터의 삶은,
빼는 것보다 유지하는 게
더 힘든
급속 몸짱과는
차원이 달라.

다이어트라는 늪에서 빠져나와
운동녀라는 새로운 삶을 살게 된다고.

살 빼고 싶다면 다이어트 일기를 쓰자

다이어트,
급할수록 천천히!

슬로우 다이어트에 성공하면 먹어도 두렵지 않을 때가 올 거야. 먹기 전 살이 찔까 고민하긴 하지만 더 이상 먹고 나서 후회하지 않게 될 거야. 슬로우 다이어트로 몸을 오랜 기간 건강한 식단과 운동으로 다져 놨기 때문에 이제는 호락호락하게 지방에게 자리를 내어 주지 않아. 단 게 너무 땡겨도, 갑자기 짜증이 확 나서 미친 듯이 폭식을 해도, 하나도 무섭지 않는 게 바로 유지어터(유지+다이어터)의 삶이야.

꾸준히 운동한 자신의 몸을 믿게 되는 거야.

오랜 시간 공들여 아끼고 사랑해 준 만큼 무서운 속도로 지방을 다시 태워 줄 거니까.

'대체 살은 언제 빠져요?'
에 대한 답

피곤해 죽기 일보 직전까지 일하고
집에 가자마자 뻗어야지 했는데
나도 모르게 운동화 끈 묶고 있을 때

운동 후 멍청하게 거울을 보는데
땀범벅에 머리는 산발,
홍조 띤 총체적 난국의 내 모습이
제일 예뻐 보일 때

나 자신을 알아야 다이어트에 성공한다

이렇게 최선을 다하는 내 모습이
스스로 대견하고 기특할 때

이때
눈물 나게 감동스러울 정도로
내 몸이
반드시
보상을 해 줘.

"아껴줘서 고마워요."
이렇게 말이라도 하는 듯

Story

살 대체 언제 빠지냐면···

병아리들이 너무나도 자주 묻는 질문이라 답할게.

"저 운동 진짜 나름 열심히 한다고 했는데 안 빠져요. 대체 살은 언제 빠져요?"

안 빠진다고 급급해 하는 마음. 나도 잘 알아. 내가 다이어트 시작을 스무 살에 했어. 총 감량 기간은 5년 반이 걸렸어. 그동안 나는 몸무게가 꿈쩍도 안 하고 멈춰 있는 시간이 없었을까? 오히려 몸무게가 늘었을 때는 없었을까?

밥 한 끼에, 컨디션에 따라서 근육량이 늘어도 생리 기간만 돼도 몸무게는 휘청거려. 내가 말했지만 몸은 정직해. 내가 한 만큼 꼭 보상해 주는 게 몸이고 운동이야. 결과가 느린 만큼 내가 몸을 돌보지 않고 막 굴린 세월이 긴 거다. 그냥 꾸준히 쭉 해! 6개월만 꾸준히 묵묵하게 해 봐! 그러면 저절로 답이 보일 거야.

6개월 이상 꾸준히 해 온 다이어터 언니들과 소통을 해 본 결과 그녀들은 이미 해탈의 경지에 올라섰어. 몸 탓이 아니라 내 탓이라고 말해. 그 언니들이라고 마음이 급하지 않았을까? 6개월 이상 묵묵히 운동하다 보면 멈췄다가도 계속 나아가면 다시 보상해 주는 걸 잘 알기에, 점점 내 몸을 믿기에 그저 '웃지요' 하며 기다리는 거야.

참는 자에게
복이 온다잖아!

다이어트
성공의 가장 큰 지름길은
좋은 운동 파트너를
만드는 것이다

주변 정리를 시작해.

다른 친구들에겐 미안하지만
당분간은 나보다 날씬하고
운동을 좋아하는 친구하고만 어울릴 것

진정으로 날 사랑하는 친구라면
이해해 줄 거야.

간식, 후식, 야식! 먹지 마!!

힘든 다이어트 기간 중
얻을 수 있는 점 하나는

내가 어떤 상황이어도 날 사랑하는
[진정한] 친구와

자기가 원하는 모습의 나만 원하는
[떨거지] 친구가

명백하게 걸러진다는 것

운동할 수 있는 신체에 감사하자

다이어트 할 때
나에게 '불편한' 사람은 피해

다이어터 병아리들아! 다이어트 할 때 너무 장난스럽거나 직설적인 사람은 당분간 만나지 마. 나조차도 예민해서 그런 사람 마주쳐야 서로 스트레스고 '내가 왜 이렇게 소심하게 굴었나 창피하다'라는 생각에 사로잡혀서 집에 와서 이불 킥만 한단다. 어떤 사람을 만날 때 있는 그대로의 네 모습이 아니라 자꾸 꾸며진 모습을 보여야 한다면 그 사람과의 관계는 과감히 포기하자. 왜 거기서 그러고 있어? 왜 눈치 보고 있어.

너 자체만으로도 충분히 빛나는데 괜히 힘들어 하고 상처받고 혼자 끙끙 앓을 것 없어. 세상에 그 사람 말고 정말 너를 사랑해 줄 사람은 얼마든지 많으니까.

일단 내가 나를 사랑할 것!
이단은 희망을, 용기를 잃지 말 것!

남 비위 맞추지 말고, 눈치 보지 말고 살아.

그거 알아? 이미 정해져 있어. 좋아할 사람은 네가 뭘 해도 좋고 싫어할 사람은 네가 뭘 해도 싫어해. 그러니 괜한 힘 뺄 필요 없어. 피해만 안 주면 땡이야. 있는 그대로의 네 모습을 좋아해 주는 그런 곳에만 있어. 돈 버는 일을 할 때 빼고는 제발 네 자신을 챙겨. 알았지?

정신 바짝 차리고 몸매관리 타이트하게!

돌아라. 긴장감,
생겨라. 자신감

설레서 가슴이 두근거려라.
아름다워질 모습을
상상하고
가슴
충만해져라.

낙이 없고
무료했던 삶에

희망,
두 단어를
가슴속에 꽉꽉 채워라.

언니는
뭘
해도
될 여자니까.

나의 눈을 위해 앞면 운동

난 내가 아주 뚱뚱했을 때 사진보다
표준체중일 때 사진을 꼭 꺼내 봐

나 자신한테 말해. '저 때로 돌아가고 싶냐?'

나보고 먹어도 배 안 나오냐, 운동이 그렇게 좋냐고 하는데 절대 아니야. 나도 먹고 싶은 거 허벅지 찔러 가며 참아. 좀 많이 먹으면 배 나와서 꼬집어 가며 하루 종일 짜증내고, 운동하기 싫어 죽을 거 같아 굴러다니고, 심지어 아픈 척하다가 결국 헬스장 문 닫을 시간 다 돼갈 때 억지로 매트 깔고 입에서 육두문자 날려 가며 홈 트레이닝 해. 근데 어쩌겠어, 다시 살찌기는 죽기보다 싫은데.

힙업

킥백

1

2

3

1 일자로 서서
2 허리가 아프지 않을 정도로 엉덩이를 짜듯이 올리면서 호흡, 후~
3 제자리로 돌아와

운동 동영상 보기
언니 믿고 따라와 ↑

남의 눈을 위해 뒤태 운동

힙업

스플릿스쿼트

1

2

3

1 수직으로 상체를 맞춰서 서기
  뒷발은 까치발, 앞다리 'ㄱ', 뒷다리 'ㄴ' 모양
2 뒤쪽의 다리가 무릎이 닿기 전까지 내려가기
3 올라갔다~ 내려갔다~ 상체 고정

운동 동영상 보기
언니 믿고 따라와 ↑

힙업

브릿지

1 2 3

1 양발 어깨너비로 벌린 상태에서
  발뒷꿈치와 엉덩이 사이 한 뼘 간격으로!
2 무릎은 발끝 방향으로 벌리고
  몸이 일자가 될 때까지 엉덩이 올리기
3 엉덩이를 꽉 짜준 다음에 바닥에 닿기 전까지 내렸다가 후~

운동 동영상 보기
언니 믿고 따라와 ↑

207   **오늘이야말로 진정한 긍정파워**

표준 이상의
비만한
병아리들에게
해 주고 싶은 이야기

나를 힘들게 하는 오지랖
다 날려 버려

너무 무리하는 거 아니야?
몇 킬로 빠졌어?
살 빼니까 늙어 보이는 거 같애.
낮엔 먹어도 괜찮아 살 안 쪄.
그러다 몸 상해.

입으로만 해 주는 걱정은
무시가 진리

"ㅋㅋㅋ 호박에
줄 그려나 봐···."

"그 정도면
됐어"

"오늘 술 한잔
어때?"

다이어트는 자신을 위한 노력이야.
이유가 뭐든 계기가 뭐든
더 나은 나를 만들기 위한 노력이야.
그러니 주변에 다이어트 하는 사람이 있다면
그리고 그 사람이 소중하다면
조금만 조심스럽게 대해 줘.

무리하는 것 같아 걱정이 된다면
백 마디 말보다 한 번의 행동이 고마울 거야.
비타민이나 방울토마토 한 팩
말없이 책상 위에 올려다 줘.

조금 더 하루하루 날씬해지자

오지라퍼에게 대처하는
다이어터의 자세

다이어터들 곁에는 걱정해 주는 사람이 너무 많아.

'너무 무리하는 거 아니야? 몇 킬로 빠졌어?'

'살 빼니까 늙어 보이는 거 같애.'

'야! 낮엔 먹어도 괜찮아, 살 안 쪄. 그러다 몸 상해.'

입으로 해 주는 걱정은 그냥 오지랖이지. 무리하는 것 같아 걱정이면 비타민이나 방울토마토 한 팩 말없이 책상 위에 올려다 주는 게 진심을 담은 걱정이지 않겠어? 좋은 맘먹고 괜히 욕먹지 말아!

'나는 어떻게 사람을 미워하지 않을 수 있을까?'를 많이 생각했어. 뚱뚱했을 때 다이어트를 하면서 상처가 됐던 말이 많았어.

"쟤는 이상해."

"쟤는 못생겼어."

"피부 너무 이상해."

"다이어트 하는 거 맞아?"

"내가 했으면 벌써 44사이즈겠다."

"쟤 너무 유난 떤다."

"빼면 뺄수록 늙어 보인다."

"살 빠져도 얼굴 크기는 안 줄어드나 봐."

"다리살은 안 빠지나 봐."

"살 빠지면 추파춥스 되는 거 아니야?"

"그거 안 먹는다고 살 빠질 거 같냐?"

"그래서 너 이제 몇 킬로인데?"

"너는 다이어트 해 봤자 옷빨이 안 받을 거 같아."

"너는 뚱뚱한 게 더 나아."

남자 애들은 놀리고 여자 애들은 비꼬았어. 새벽에 회식 끝났던 언젠가는, "너는 걸어올 거지?"라며 차를 안 태워 준 적도 있어. 이런 말들에 웃으면서 넘어가면 됐는데 그때는 나도 신경이 쓰였지. 그렇다면 오지랖 부리는 사람 대처법은 뭘까?

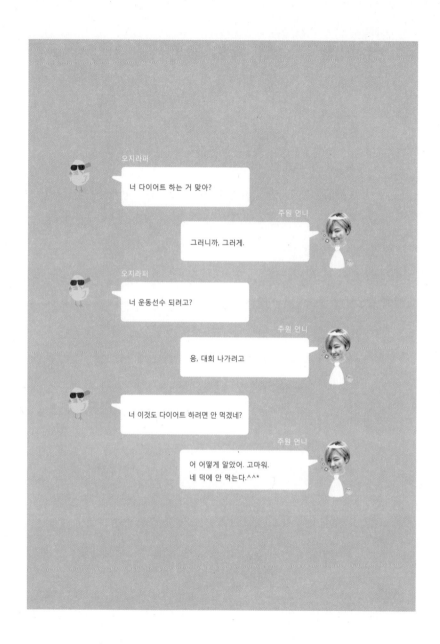

아 정말 인(忍)이 백 개는 생기더군. 이렇게 말해 버리면 사람들은 할 말이 없어. 언니들, 아무리 뭐라 해도 부정적인 말은 흡수하지 마. 좋은 말만 들어.

'줄넘기를 하면 다리가 굵어진데', '다이어트 하면 살이 처진데' 등… 아, 이런 말들 너무 많이 하는데 다이어트 할 때 너무 솔직한 사람들도 별로야. 긍정적인 말을 하는 사람을 만나. 아니면 아무도 만나지 말든가!
나는 이런 상처되는 말들을 촉진제로 삼았지만 멘탈 약한 언니들이라면 피해. 얻는 게 있으면 잃는 게 있는 거잖아. 다이어트를 하면 대인관계를 유지하는 게 어려워. 작은 말 하나에 예민해지게 되고 자존감이 떨어지기 때문에 아예 사람들은 안 만나는 게 좋아.

'아까 내가 너무 예민했나? 난 원래 이러지 않는데…'라며 내 행동을 곱씹는 날도 많았어. 나도 예민해진 거지. 이제 다이어트 할 때는 있는 대인관계에 집착하지 마. 나 자신에게 집중해.
우리는 현재 운동이라는 힘든 여정을 걷고 있고 언제 식탐이 솟구칠지, 언제 운동이 무너질지도 몰라. 차라리 이런 것들에 우리의 모든 촉각을 곤두세워 두자고!

운동은 입과 머리가 아니라 몸으로

자꾸 보채서
결국 몸이 포기하게 할 거야?

내가 한참 다이어트 할 때 빛처럼 나온 영화, 〈미녀는 괴로워〉.
비록 영화라 과장되고 현실성은 없지만
뚱녀라고 무시당했던 김아중이
날씬한 몸의 매력녀로 변신한 걸 보니

정체기에 미쳐 가던 내 심장이 다시 두근거렸어.
한 번 더 이를 악물게 하는
모티베이션이 되기에 충분했던 거지.

우리 병아리들도 모두 봤을까?

"미녀는 아이~ 쉰나~ 𝄞 "

세상에서 가장 아름다운 중독, 운동중독

살이 진심 1도
안 빠질 때

정체기는 내가 다이어트 할 때 겪었던 것들이야. 병아리들한테
도 올 거야. 이런 날은 무조건 올 거라는 걸 대비해. 항상 대비해
서 멘탈에도 근육을 붙여 놔야 하거든. 살이 진심 1도 안 빠지거
나 정체기가 온 거야. 세트 포인트, 몸과 뇌가 딜을 하는 시간이
야. 몸속 세포도 자리를 잡는 시간이 필요하거든. 세팅할 시간이
필요하다는 뜻이지. 기다려 줘. 기다려 주면 분명히 지나간다.

나도 72kg 정체기에서 운동 진짜 열심히 했는데 일 년간 단 1kg
도 꿈쩍도 안 했어. 난 어땠을까? 안 힘들었을까? 그게 좋았겠
어? 처음엔 너무 화가 났어. 그러다 이 몸도 내 거라는 걸 생각

했고 내가 지내온 세월을 돌이켜 보니 그동안 몸을 너무 막 굴린 것에 대해 다시 한 번 죄책감이 든 거야. 내가 너무 빨리 가서 내 속도에 맞추기 힘에 부쳐 더 이상 천천히도 따라오지 못하고 멈춰 있는 몸에게 미안했어. 몇 십 년을 막 굴려 놓고 이제 와서 고작 몇 년 운동 좀 하고 식단 좀 조절했다고 빨리 빠지라고 보채기만 했던 내 몸한테 미안했어.

운동하다가 부상을 입게 되거나 일단은 부상을 입었다면 다 나을 때까지 운동 금지야. 일단 몸부터 낫고 하는 거야.

부상을 예방하기 위해 준비 운동, 마무리 운동을 꼭 해야 하고 너무 무리한 운동은 절대금물이야. 본인의 체력에 맞게 해야 해. 내가 말했지. 욕심 부리지 말라고. 욕심 내다 다치면 최소 2주를 쉬어야 하고, 2주라는 시간은 우리가 돼지가 되기에 너무나 충분한 시간이야. 다이어트 할 땐 특히 더 아프지 마.

끝이 없는 싸움인 것만 같은 생각에 혼란스럽다면 처음 목표를 생각해. 그 목표로 달려가고 있는 거고 끝이 분명히 있어. 뒤로 가지만 않으면 천천히 가도 도착할 거야. 그렇게 멀지 않아. 천천히 가도 돼.

다 거지같고 짜증나고 음식만이 날 위로해 줄 것만 같고 짜증도 나고 힘들면 차라리 울어. 다이어트라는 여정에서 살 빼는 것 말고도 얻는 게 엄청나게 많아. 음식은 순간적으로 위로해 주지만 그다음 날 수십 배로 뒤통수 친다는 걸 잊지 마! 다 먹고살자고 하는 건데 왜 이러고 있나 싶지? 먹고만 사는 게 아니야. 이런 생각이 들 땐 대충 살던 우리가 앞으로는 좋은 걸 먹고 건강하게 삶의 질을 높여 아름답게 살자고 하는 거라는 걸 다시 기억해 내.

'빼 봤자 나란 애가 뭐 대단하겠어? 그냥 이대로 속 편하게 살자' 싶을 거야. 근데 아니야. 너는 상상도 하지 못할 정도로 예뻐질 거야. 해도 해도 허벅지는 점점 거대해지기만 하고. 과연 그럴까? 여자는 하체가 발달하기 쉽기 때문에 초반 몇 달간은 오히려 더 두꺼워질 수 있어. 너만 그런 거 아니고 이건 지나가는 과정이니까 무서워하지 말고 조금만 참아.

아무리 오래 걸려도 1년 이상 꾸준히 하면 모든 게 다 해결돼. 그러니 불안 해 하지 마. 약간 펌핑된다고 해도 셀룰라이트가 없어지고 특히나 하체 운동은 칼로리 소모가 어마어마해서 전신의 체지방을 엄청나게 태워 줘.

공공의 적 뱃살을 끼고 사는 것보다 낫잖아. 조금만 기다려 주

자. 전하고 비교도 안 될 만큼 라인이 예뻐지니까. 믿고 기다리자. 몸이 지금은 힘들다고 기다려 달라고 얘기하는 거잖아. 기다려 주면 다시 따라가겠다고 하는 거니까 포기하지 말고 계속해서 내 몸을 사랑해 줘. 몸을 화나게 하지 마.

그렇다면, 다이어트 정체기, 극복 방법은 없는 걸까? 다이어터들이 가장 많이 힘들어 하는 다이어트 정체기, 그놈의 정체기에 대해서는 파도 파도 끝이 없어. 정체기가 오는 이유는 세 가지 중 하나야.

1번. 몸이 원래 체중을 유지하려고 버티는 것
2번. 근육량이 너무 부족해 몸이 근육량부터 늘리고 있는 상태
3번. 나도 모르게 전보다 헤이해졌을 때

3번일 경우는 노.답.
1번이라면 운동 시간보다는 강도를 높여 봐. 걷기에서 인터벌로, 뛰다 걷다를 반복해 봐. 예를 들어 스쿼트 20개 하고 30초를 쉬었다면 10초 휴식으로 단축해 봐. 단, 식단이나 운동을 너무 무리하게 하지는 마.

자신의 몸을 더 아껴줘

2번이라면 운동을 하던 대로 꾸준히 하고 식단에 단백질 비중을 높여 봐. 1, 2번일 경우에는 이렇게 하다 보면 2주에서 한 달 정도 지나면 다시 빠지기 시작해.

많이 힘들겠지만 그래도 희소식은 정체기라고 해서 의미가 없는 건 아니야. 몸무게나 인바디 변화가 없어도 내 몸속에서는 많은 변화가 일어나고 있어. 천천히 뛰던 심장이 다시 세차게 뛰기 시작하고, 혈관이 깨끗해져서 몸에 건강한 기운이 돌기 시작해. 매일 끊임없이 생성되는 암세포와 싸우고 만병의 근원 고혈압을 예방해. 체중이 줄지 않더라도 몸의 라인에는 정체기가 없어. 라인, 탄력, 굴곡은 매일매일 다르거든. 근육의 밀도나 선명도도 다르다고. 무조건 안 빠진다고 해서 너무 좌절하지 마.

"되고 있는 거야!
달라지고 있는 거야!
꼭 눈에 보여야만
달라지고 있는 게
아니거든."

💬 Tip 정체기 때는, 눈바디

1. 변화된 자기 몸의 사진을 찍어 보기

드라마틱한 느낌이 들지 않을 땐 언제든 사진을 찍어 보는 거야.
이전 사진과 지금의 사진을 찬찬히 들여다봐. 분명 달라졌지?
사람 눈은 간사해서 사진으로 비교해야 정신을 차린다니까.

2. 체중계를 멀리하고 거울을 가까이하기

사람의 체중은 고정돼 있지 않아. 하루에도 몇 번씩 변하거든.
다시 말해, 같은 날 체중을 재도, 어떤 시간, 어떤 환경에서 재느
냐에 따라 체중이 다르다는 거지. 그러니 일희일비하지 마.
차라리 체중계를 멀리하고 거울을 가까이하는 거야. 감량에 성
공하면 분명 확연히 변한 내 모습을 확인할 수 있을 테니까.

꾸준히 운동하면 몸도 꾸준히 더 좋아진다

고작 한 달 해서
안 빠진다고
징징거리지 좀 마

단기 다이어트?

나한테 묻지 마!

백 번

천 번

더 말하지만

슬로우 다이어트만이 답이거든.

몇 년 동안 살 찌워 놓고

한 달 겨우 한다고 살이 빠지겠어?

살은 본인이 찌워 놓고

왜 애꿎은 몸한테 난리야 진짜!

다이어트에 실패하는
지름길이라면?

바로 조급한 마음이야. 갑자기 빼야 하는 이유가 없어. 날씬해야 하는 결혼, 면접. 왜 코앞까지 닥쳐서 빼야 해? 다이어트 하는 기간이 힘들기 때문에 짧은 시간에 끝내려 하지.

병아리들, 속성이 얼마나 무서운지 알아? 내가 스파르타 8개월 영어 공부를 했었어. 공부를 안 했더니 영어를 다 까먹었어. 영어는 안 해도 잃는 게 없지만 단기간에 다이어트를 하면 건강을 잃어. 단기간에 하면 남는 게 없거든.

아픈 상태로 오래 살고 싶어? 몸은 정직해. 몸한테 잘못을 하면 벌을 받는데, 바로 요요 현상이 그거야. 다이어트에도 룰이 있어. 한 달에 2kg 이상 빼지 마. 정말 정해져 있어. 5kg 이상 한 달에 빼면 건강에 위험해. 아니면 정신질환이 생기거나. 몸 중에 어디가 잘못된다든지.

이렇게 무섭게 이야기 하는 이유는 우리의 궁극적 목적이 건강이기 때문이야. 몸이 아프면 아무리 내가 예뻐도 짜증이 나. 당장 보이는 앞만 보지 마. 걷지도 못하는데 뛰게 시키지 마. 갑자기 놀다가 이제 와서 살 뺀다고 갑자기 극한 운동을 시켜. 음식도 확 줄여 버려. 그럼 어떻게 될까?

음식은 월급 같은 거야. 200만 원 주다 90만 원 주면 몸이 지치고 나중엔 화가 나지. 참고 참다가 회사 때려치우겠지. 몸을 다독거려서 해야 하는 거야.

'미안하지만 회사 사정이 어려워졌으니 월급 5만 원만 깎아야겠어. 그래도 열심히 일해 줬으면 해. 나중에 회사가 잘되면 보상해 줄게.'

이런 식으로 조금씩 다독거려야 포기하지 않지 않겠어?

평생 빵 한 조각,

치킨 한 마리 무서워서

못 먹고 사느니

뚱뚱한 채로 사는 게 낫다

물만 먹어도 살찐다고?

그 정도로 비하하기엔 백 년은 일러.

그러면 난

숨만 쉬어도 살찌는 체질이게?

이제 언니가 예뻐질 차례

Story

날씬해지는 주문을 걸어

내 꿈은 몸짱이었어. 돈도 뭣도 사랑도 아니고 그냥 날씬해지는 게 내 소원이고 꿈이었어. 그랬으니까 성공한 거야.

살 뺄 거니까 당연히 덜 먹었고 살 뺄 거니까 당연히 매일 운동했어. 그렇게 5년 동안 다이어트 하고 끝을 낸 후 굶지 않고 요요 한 번 안 오고 지낸 세월이 7년이야. 나는 이렇게 빼는 데 5년이 걸렸지만 그래서 요요가 쉽게 오지 않은 것 같아.

다이어트가 평생 하는 거라고? 아니, 다이어트는 반드시 끝이 있어야 해. 그래서 입이 닳고 닳도록 하는 말, 슬로우 다이어트를 해. 적어도 6개월 이상 지속할 수 있는 식단을 짜고 운동은 1년 이상 지속할 플랜을 짜.

천천히 건강하게 다이어트.
그것만이 이 지긋지긋한
다이어트라는 감옥에서
나오는 방법이야.

"어디선가 울고 있는
너에게…
용기를 내라고…
말해 주고 싶다."

지긋지긋한 꾸준함, 이것만이 정답

표준 이상의
비만한 병아리들에게
해 주고 싶은 이야기

자신에게 의심이 들 땐 이 말을 기억해 줘.

넌 폭풍우 속에 서 있어.
정말 너무 힘들고
앞으로 더 힘들 거고 많이 울 거야.

하지만

폭풍우 속에서 나온 넌
전과는 완전히 다른
네가 되어 있을 거야.

자신의 선택을 믿어

넌 아주 잘 하고 있어. 삶을 잘 살아가고 있는 거야. 아무것도 안 하고 합리화만 해 가며 살아가는 것보다 1000배는 더 훌륭하게 살고 있는 거야. 살아 있으면 뭐라도 해야지. 그게 뭐가 되었든 무엇을 하든 간에 넌 잘하고 있는 거야. 만날 때마다 느끼는 거지만 병아리들은 하나같이 참 답답이들이야.

사람이 하고 싶은 것만 하고 살 수 없기에 우리는 일을 하며 사회생활 속에서 어렵고 삭막한 삶을 살고 있어. 그렇게 사람이 하고 싶은 것만 하고 살 수 없듯이 하기 싫은 것만 하고 살 수도 없어. 그러니까 일하는 시간 외에는 네가 하고 싶은 걸 해. 인생이 생각하는 것보다도 너무 짧아서 그래야만 해. 내가 묻는 질문에 당당하게 대답할 수 있어? 주변 사람만 걱정하고 챙기고 눈치 보고 그렇게 살아오는 동안 너는 괜찮은 거야? 니도 힘들어. 누가 더 힘든 건 없어. 다 똑같아. 너도 매일같이 싸우며 살고 있어.

그렇게 사는 동안 내팽개쳐져 지쳐 가고 있을 자기 자신도 좀 챙겨 줬으면 잘 들어 줘. 25년간 돼지로 살면서 참 많이 힘들었고, 수모도 많이 받았고, 지옥 같은 날도 많았어. 나 역시 막연했고 내 인생에 날씬은커녕 보통 몸도 못 될 거라고만 생각했어. 매번 수없이 실패한 이유는 언제나 단기간에 빨리 빼려는 목표 때문이었어.

너무 뚱뚱하니까 나는 너무 많이 빼야 되니까 급한 마음 너무 잘 알아. 그런데 그럴수록 매번 요요가 찾아왔을 거고 결국엔 난 안 되는구나 하고 포기하게 됐지.

이제 이렇게 생각해. 뺄 게 많으니까 남들보다 당연히 오래 걸린다고. 난 많이 쪘으니까 그만큼 시간을 더 투자한다고. 많이 빼야 되는데 5kg만 빼도 되는 사람과 똑같은 시간에 빼려니 매번 안 되는 거야. 천천히 기다려 주자. 스트레스받으면 안 돼. 할 수 있어.

무조건 가능한 거야. 포기하지 않는다면 반드시 성공할 수밖에 없는 게 다이어트야. 운동하자, 오늘부터 당장.

뚱녀들은
밥을 많이 먹지 않는다

왜냐고?

누구랑 먹는 게 불편하고

뚱뚱하니까 많이 먹는 걸 보이는 게 싫거든.

그러니까 결국 집에서 먹는 거야.

빵이나 아이스크림, 음료수

집에서 무슨 짓을 하는지 모르는 채

살이 찔수록 시원한 게 땡겨.

더우니까.

자기한테 무슨 짓을 하는지 모르는 채.

적게 먹는데
살이 찌는 체질은 없어.

네 살은
그 정도로 찔 만큼
어디선가 먹었다는 증거야.
그저 먹는 거야.

"뚱뚱한데"

"별로 안 먹는…"

"없다."

"사랑은"

"절 · 대 · 로"

Story

인생이 노잼이라면,
다이어트 추천한다

뚱뚱했을 때, 막상 내가 다이어트를 시작했을 때 아무도 나를 격려해 주는 사람이 없었어.
'두고 봐 내 꼭 빼고 만다'라고 이를 악물었을 때 속으로 그랬다.
'저 속물들 같으니라고.'

그렇게 나는 사람들을 욕했고 그들을 못마땅하게 여겼어. 하지만 지금 생각해 보면 그때의 난 너무 게을렀고 관심 종자였고 피해망상증 환자였던 거 같아. 매사에 예민했고 모두를 탓했어. 결국 살을 빼고 나니 무엇보다 내가 바꿨다는 사실에 행복하고 감사했어. 뒤늦은 깨달음이지만 결국 알 수 있고 깨닫게 되는 계기가 됐기에 그것이 너무나 좋더라고. 귀찮고 움직이기 싫어하니 궂은 일, 남도 하기 싫어하는 일, 내가 먼저 나서서 한 적이 없었던 나였어.

내 딴에는 사랑받고 싶고 관심받고 한 행동이 누군가에게는 부담과 스트레스가 되는지 몰랐고, 피해망상에 빠져 남을 흉보며 내 자신을 스스로 높이려 했어. 별다른 뜻도 없는 말에 예민하게 반응했어.
어쩌면 뚱뚱한 내 모습 때문이 아니라 내 비뚤어진 성격 때문에 남들에게 그런 대우를 받은 건 아니었을까. 그랬기에 격려조차 해 주지 않은 건 아닐까. 살이 빠진 뒤 너그러운 내면이 많이 생겼고 자연히 남을 배려하는 행동이 잦아지면서 한 번 더 의미 있는 성장을 할 수 있었어.
나 자신을 사랑하기에 남을 사랑할 줄도 알게 되었어. 내 장점이 보이기에 남의 장점도 보이게 되었어. 내가 칭찬을 받기에 나도 칭찬을 하는 사람이 된 것처럼, 결국 어떤 일이든 나 자신을 스스로 사랑하는 것부터 시작해야 한다는 걸 알게 되었어. 운동은 자기 자신을 진정으로 돌아볼 수 있는 시간이야. 다이어트를 성공한 후에도 내가 운동을 할 수밖에 없는 이유야.

인생이 현재 노잼이라면, 다이어트를 추천해. 꾸준히 운동하면 자신감을 가지게 될 뿐 아니라 그 자체로 인생이 즐잼이 될 것이야. 몸이 아름다우면 아무리 가난해도 멋져 보여. 말과 태도가 변하니 마인드 자체가 바뀌고 그것만으로 좋은 이미지가 형성되기 때문이야.

"결국, 다이어트는
자존감 때문에 하는 행동인 거야.
자신 있게 말할 수 있어.
살을 빼고 나 많이 행복해!"

당장 몸을 일으켜 뭐라도 하자

Tip 다이어터 병아리들은 주의하시오

1. 음료수

액상 과당이 들어 있는 음료수는 다이어트의 천적이야. 액상 과당은 단맛을 내는 액체인데, 설탕보다 단맛이 강하기 때문에 많은 음료에 사용되고 있어.

특히 탄산음료에는 거의 다 들어간다고 보면 돼. 심지어 오렌지 100% 주스에도 들어 있고, 두유에도 들어 있어.

이 액상 과당은 체내에서 체지방을 급격히 증가시켜. 액상 과당은 포만감을 느끼지 못하게 하는 효과가 있어. 물은 마시다 보면 배가 부르기 때문에 한 번에 2리터를 마시기 힘들지만, 콜라는 탄산만 빠진다면 2리터를 한 번에 마시는 것도 어렵지 않아. 액상 과당이 포만감을 느끼지 못하게 만들기 때문이지.

2. 군것질

군것질, 끼니 외에 과일이나 과자 따위의 끼니 이외에 더 먹는 음식을 먹는 것을 말하지. 군것질은 다이어터라면 필히 줄여야 해. 긴말 안 해도 다 알지? 가랑비에 옷 젖는다고 군것질 칼로리가 쌓이면, 식사로 섭취한 칼로리를 가볍게 뛰어넘어. 특히, 하루도 빠짐없이 군것질 하는 병아리들 있지? 정말 좋지 않은 습관이야.

빨리 빼려다 돈 잃고
덤으로 살 얻는다

"지금부터
잘 생각해
보는 거야!
알았지?"

다이어트 도전 실패기

단식원-뱃살방

굉장히 고도비만이었던 A 양은 다이어트 하기 위해서 당시 유행했던 뱃살방에 갔다. 그냥 단식원이 아니라 한 달에 무려 300만원이 넘는 체계적인 단식원이었다. 원통에 목만 빼놓고 그 안에 들어가 있어야 한댄다. 원통에는 각종 약초, 풀 등 별게 다 들어있고 수증기에서 한마디로 사람을 찌는 것이다. 땀을 쫙 빼고 하루 7시간 있고, 물을 못 먹게 한다고~ 하루 종이컵 반 잔, 상추 5장과 손톱만 한 작은 고기 3점만 먹고 한 달에 30kg이 빠졌다. 만족도가 높았다. 그러나!! 끝나자마자 자신의 의지와 상관없이 라면을 먹게 되었다. 4kg이 확 쪘다. 고구마만 먹어도 1kg 찌고. 그러다 고작 3주 만에 다시 원상 복귀되었다고 한다.

그렇다. 이런 곳에 가서 거식증, 정신질환 없이 유지하면 박수 쳐주겠다. 하지만 그런 사람은 없다.

한의원 한약+다이어트 침

환자마다 체질 검사를 해서 제조해 주고 체계적인 것처럼 보이나 사실은 다 비슷하다. 마황이라는 성분이 식욕 억제를 하는 것이다. 이게 계속 먹다 보면 사람이 미친다. 환각 증세를 보이고 마치 붕 떠 있는 것처럼 몸이 벌벌 떨리고. 20kg가 빠졌댄다. 대부분의 사람이 한약은 몸에 좋고, 건강을 해치지 않는 것으로 여긴다.

하지만 일단 계속 마시기에는 가격이 비싸고 한약을 끊자마자 다시 찐다. 결국 영원히 해야 하는 미션이니 알아서 판단하시라.

지방분해 주사

카복시, 걸그룹주사 등 각종 살 빠지는 주사가 많다. 광고에서 절대 안 빠지는 부위가 빠진다, 셀룰라이트가 없어진다며 사람을 혹하게 만든다. 진짜 빠졌다는 후기도 있고 비교해 보면 정말 원래 다리보다 빠진 것 같기도 하다. 하지만 승모근, 종아리 퇴축술 등 시술로 만든 건 반드시 원상 복구된다.

식욕 억제제

눈사람, 나비 모양의 식욕 억제제가 유명하다. 양약인 이 식욕 억제제들은 가격이 저렴하지만 몸에 내성이 생긴다. 약을 먹어야 하는 적정량은 하루에 1알이다. 반쪽씩 아침, 저녁으로 먹는 게 보통이다. 처음에는 기분이 업 된다. 하지만 어느 때는 울증 증세가 확 올라온다. 감정이 오르락내리락하는 거다. 먹다 보면 손이 떨리고 심장이 두근거린다. 나중에는 한 알로 부족해 이 병원 저 병원에 가서 처방을 받게 된다. 약을 먹어도 식욕이 생겨 약을 더 늘리게 된다. 그러다 보면 과호흡 증상이 나타나고 정신이 어지러워진다. 죽을 것 같이 심장이 뛰니까.
그렇게 약을 끊는 순간 고삐 풀린 것처럼 지금껏 잡고 있던 식탐이 터져 버린다. 약을 중단하면서 폭식증까지 온다.

지방 흡입

지방 흡입 전문 병원으로 유명한 곳이 있다. 지방에서 오면 호텔도 잡아 준다. 성공 후기가 많았다. 배를 지방 흡입하면 일자가 된다. 파이프를 넣어서 흡입을 하는데, 하고 나면 전체적으로 몸이 붓는다. 지방세포를 파괴해서 슬림 해지는 방식이다.

이것도 영원해야 한다. 하고 나서는 영원히 살찌면 안 된다. 빠짐이 있을 뿐 찌면 안 된다.

그런데 습관이 어디 갈까? 처음에는 정말 많이 빠지는 기분이 좋다. 하지만 3개월이 지나면 슬슬 고삐가 풀린다.

결과적으로 3개월의 짧은 행복일 뿐이다. 복부를 지방 흡입했는데 뒷구리랑 러브 핸들에 살이 올라온다. 항아리 띠 두르듯이 다른 쪽으로 찌는 것이다. 혹시나 하는 마음으로 덧붙인다. 이거 하면 상상을 초월할 만큼 엄청 아프다고 한다.

찜질방 다이어트

숯가마 같은 곳에서 땀을 빼면 순식간에 체중이 줄어든다. 보통 아주머니들이 많이 하는 방법이나 시럽 들어간 달달한 냉커피를 마시면서 땀을 뺀다. 그러고는 몇 주째 냉커피만 마셨는데도 살이 빠지지 않는다며 불평이다. 더불어 물만 마셔도 체중이 돌아왔단다. 이유는 간단하다. 그냥 수분이 줄어 체중이 일시적으로 줄어든 것뿐 다이어트를 한 게 아니기 때문이다.

XX라이프

뉘 집 딸이 어떤 비법 가루를 먹고 한 달 만에 27kg이 빠졌다는 말을 들었다. 허벌라게 잘 빠진다는 마법의 가루다! 처음에는 식사 대용으로 먹었다. 이것만 먹으면 살이 빠지는 건 확실하다. 그런데 마시기만 하니 배가 고프다. 이후로는 밥 먹고 디저트로 먹었다. 결국 살은 다시 원상 복귀.

등산

운동 하나도 안 했던 애가 등산을 하기 시작했단다. 10kg이 빠졌다. 거구의 몸이었기에 무리가 됐지만 지속했다. 그러던 어느 날 무릎이 너무 아파 병원으로 향했다. 결론은 2주 동안의 절대 안정과 운동 정지 처방을 받았다. 뼈에 좋은 음식을 먹으라는 식단 처방도 있었다.

뼈에 좋은 음식… 찾아보니 콩, 멸치, 우유, 치즈가 있었다. 그중 내가 좋아하는 건 치즈니까 피자를 먹자, 우유 성분이 들어간 바닐라 아이스크림을 먹자! 이렇게 먹다 보니 살은 미친 듯 다시 차올랐다. 뼈에 좋은 음식 위주로 먹으라는 걸 뼈에 좋은 음식을 많이 많이 먹으라는 것으로 이해했다.

'왜 나는 너를 만나서~'
달콤한 단기 다이어트 유혹!
책임이 뒤따라야 해

단기 다이어트는 굉장히 흥미롭지만 돌아오는 모든 책임을 질
각오도 해. 빼고 유지할 거라는 착각은 금물이야.

단기 다이어트 결과는 요요의 반복이야. 요요는 몸에 해로운 짓
을 한 이상 당연히 돌아오는 결과야. 우사인 볼트보다 훨씬 빠른
요요. 단기 다이어트 효과가 끝나면 전보다 더 거대해진단다. 단
식원 가서 '먹고 토하고'만 배워서 섭식 장애로 먹토하다 우울증
걸려서 결국 정신과까지 가는 경우도 있어. 충격적인 건 토해도
영양분만 올라오고 살찌는 나트륨은 빠르게 흡수된다고 해.

평생 일반식 보고 무서워해야 하는 섭식 장애에 걸리고 싶지는
않잖아. 다이어트 도중 몸에 이상 변화가 생기거나 어딘가에 찝

찝한 통증이 있다면 주위에 묻지 말고 병원으로 가. 전문가인 의사선생님의 소견을 들어. 그게 가장 정확해. 슬로우 다이어트는 빼는 게 훨씬 힘들지만 단기 다이어트를 성공하고 유지하는 것보다 100배는 쉬워. 천천히 한 걸음씩 가 보자.

매일 늦어서 바쁘게 앞만 보고 가던 길 5분만 여유롭게 나와서 걸어가 보면 같은 길인데도 '주변에 이런 게 있었구나~~' 하고 처음 보는 것들이 눈에 들어오듯 다이어트도 천천히 가면 그 과정에서 얻는 것이 너무나 많아.

겪어 보지 않은 사람이
고도비만의 삶을
조금이라도 이해할 수 있을까

고도비만은 달라.
집 밖을 나서는 순간부터 지옥이야.

매일같이 겪는 수모
아무도 나에게 신경 쓰지 않는데
나 혼자 세상을 의식하며 살아.

대중교통 하나 마음대로 못 타
자리가 있어도 앉기가 눈치 보여.
자리 한 칸으로 좁을까 봐.

도중하차 없이 다이어트에 꼭 성공하자

서 있어도 눈치 보여.

지나가는 사람한테 방해될까 봐.

정말 밥을 못 먹어서 먹는데도 눈치 보여.

놀라는 눈빛으로 쳐다볼까 봐.

일도 하기 싫어.

사복은 하루 종일 몸에 꽉 끼고 불편하고

비만 때문에 매일 어지럽고 속은 더부룩해.

화장실도 가기 싫어.

거울에 비친 내 모습 보면 부셔 버리고 싶어서.

누군가와 사랑을 시작하기도 무서워.

이용당하고 버려질까 봐.

나 같은 거 만날 이유 없다고 의심부터 드니까.

누군가와 즐거운 밤을 보낼 수도 없어.

거대 오겹살 보여야 하니까.

사람들이 모여 웃고만 있어도 힘들어.
나를 비웃는 것 같아서.

이 모든 게 내가 만들어 낸 허상

내 눈에도 뚱뚱한 내가 한심하기에
너무 못났기에 남들도 그럴 것만 같아서
스스로 만들어 버린 지하 벙커

"나 혼자 느끼는 바보 같은 비굴함"

폭식 후 자책 절대 금지

Story

내가 가장 많이 하는 말, 병아리도 할 수 있어

나보다 훨씬 더 예뻐질 수 있어. 입에 발린 말 같겠지만 나 정말 더 심했어. 100kg가 넘었던 뚱뚱한 여자였어. 대인기피증에 우울증에 폭식증에 사람들은 나를 다 무시하는 것 같은 과대망상증까지 가진 사람이었어. 그래, 나 너무 힘들었어. 매일 예민하고 사는 건 재미없고 운동 좀 할라 치면 여기 아프고 저기 아프고 이렇게 살다 죽어야 되나 싶었어.

길거리에서 떡볶이라도 먹으려고 하면 주위에서 쳐다보고 누군가는 나 먹는 것만 봐도 배부르다고 했지만, 사실 나처럼 될까 봐 음식을 먹을 기분이 안 나는 거겠지. 다이어트는 내가 하는데 다이어트 하지도 않는 옆의 친구가 살이 빠지는 것 같고, 내가 살 것도 아닌데 친구 따라 옷가게 가면 직원들이 니가 입을 옷 없다는 듯한 무시 가득 담은 표정, 미용실 가면 가뜩이나 큰 얼굴 더 도드라져 보여서 못 가고. 추리닝 말고 기성복 입고 싶어서 88사이즈에 내 몸 구겨 넣으면 집에 돌아온 후 여기저기 쓸려서 상처투성이. 그렇게 살다 길거리에서 언놈한테 욕 처먹고 그냥 죽어야겠다 하고 이틀 굶었는데 진짜 죽겠고.

그러니 죽기 전에 큰 결심한 거야. 죽기 전에 내 몸에 복근 한번 가져 보고 죽자고. 오 년 넘도록 그냥 빠지든 말든 묵묵히 꾸준히 그래서 했어. 그동안 러닝머신에서 흘린 땀과 눈물이 한강이 될 거야.

이틀 뒤면 원래대로 돌아 온다

방법, 비결 그런 거 없어. 군것질 딱 끊고 매일 한 시간 이상 운동했어. 헬스장 갈 돈 없으면 그냥 집에서 스쿼트하고 운동장 가서 걸었어. 빨리 빼려고 다른 것들 괜히 잘못하다가 요요만 와. 그냥 꾸준히 운동하러 가. 운동은 평생 하는 거다 생각하고 쭉….

힘내. 정말 할 수 있거든. 그리고 언니들, 한 달에 몇 킬로 빼고야 말겠어! 같이 제발 이루지 못할 무리한 목표 좀 세우지 마. 비교 대상은 언제나 어제의 나.

'이번 주는 주3회 하루 20분씩 걷기를 꼭 하겠어!'
'밥 먹는 속도를 줄이겠어!'
'하루에 물 양을 1.5리터 이상 마시겠어!'

이런 실천 가능한 목표를 세워. 나와 한 작은 약속을 하나하나 지켜 나가는 그 성취감이 나에게 날개를 달아 줄 거야.

있는 그대로
믿지 마시오

'나 이렇게 먹어도 살찌지 않아.'
마른 애들이 하는 그 말,
거.짓.말.

절대 속지 마.

많이 먹으면 반드시 살이 쪄.
살이 안 찔 수가 없어.

먹고도 찌지 않는 그런 사람은 없어.

많이 먹는데 찌지 않는다는 말은
자기 수준에서 많이 먹는다는 말일 뿐.

실제로 그렇다고 생각하고 따라 하면 안 돼.
절대.

"Danger!!!"

지켜보고 있다

푸드 파이터 드립
좀 하지 말았으면…

정말 마른 사람들은 사람들이 볼 때마다 하도 먹으라고 하니까 스트레스받아서 미리 방어를 한 마음 알기에 오히려 안쓰럽지만, 진짜 마른 사람 아니고서는 푸드 파이터라는 말, 자극받아서는 안 돼. 푸드 파이터라고 하는 사람들, 주위에 차고 넘쳤어. "나 진짜 많이 먹는다" 그런 말 하면 그냥 와, 대단하다 하는 거지. 사실 나랑은 별로 상관이 없잖아.

대인관계는 공감이라고 생각해. 내가 엄청 많이 먹는데 안 찌는 체질이어야 공감을 하지. 내가 그게 아닌데 남이 잘 먹는 거나 보고 대단하게 생각할 시간이 어디 있어. 그냥 나는 진짜 안 되는구나 자괴감만 들고, 포기만 하게 되는 거야. 예쁘게 잘 먹는 게 좋은 거지, 많이 먹는 게 뭐가 부럽니? 몸에도 안 좋은데.

나 다이어트 정체기일 때 같이 일하던 분 중에 정말 날씬한 분이 계셨어. 대부분 직장이 다 그렇듯 점심은 항상 외식이었지. 그런 데 식사 때마다 나물 반찬이나 채소부터 먹고 국물은 입에도 안 대는 거야. 몸에 안 좋은 음식 절대 안 먹는다고 하시는 거 보고 진짜 자극받았거든.
'아…! 날씬한 사람들은 타고나는 줄만 알았는데 다 저렇게 자기 관리 해서 유지되는 거구나! 나도 열심히 하면 할 수 있겠다' 진짜 열심히 해야겠다고 생각했어.

날씬한 사람들은 잠잘 때 빼곤 안 눕고, 많이 움직이고, 절대 아무거나 안 먹어.

힝~

"독한 자들이 살아남는 이 살벌한
살과의 전쟁 같으니냐구···"

주원표 다이어트
유지식단

조절기

주 4일 1일 2식, 주 3일 치팅데이

두 끼는 모두 일반식

군것질하고 싶으면

두 끼 중 한 끼에 양보하기

군것질도 무조건 한 끼다!

물은 기본으로 하루 2리터

멀티비타민 한 알 필수

밤에 약속 있거나

체지방 불태울 준비 됐니?

야식 먹게 될 것 같은 날엔 저녁 패스

과자 절대 안 먹음
라면 세 번 생각하고 먹음
빵은 일곱 번 생각하고 먹음
음료수는 열 번 생각하고 먹음
술은 가끔 한 잔씩(3달에 한 번씩)
술 마시는 날엔 안주 패스
다음날 물 4리터

갑자기 살쪘다 싶을 땐
주 6일 조절기 1일 치팅데이(웬만해선 일요일!!)

"아오~ 적당히 먹어!!
과식하면 다 살로 간다.
-_-+"

단 1년 만이라도 거울을 보고
"우와 진짜 죽인다."라고
생각할 수 있는 몸을 만들고 즐겨보세요.
사람이 100년 가까이 사는데
고작 1년 그렇게 사는 게 어려운 거 아녜요.
1년만 그렇게 살다 보면 30, 40대가 되어도
그 즐거움을 알기 때문에 관리하게 되죠.
몸이 변하면 주변에 만나는 사람이 달라집니다.
어쩌면 인생이 달라질 수도 있다니까요?

홍석천, 탤런트

PART 6

운동 편

운동의 가장 기본,
운동 순서

많은 병아리들이 모르는 것 같아서 운동하기 전 꼭 알아야 할 운동 순서에 대해 얘기하려고 한다. 운동 목적이 체지방 감량이라면 운동 순서를 잘 알아야 한다.

워밍업(가볍게 뛰기, 스트레칭 등) 5분 → 근력 운동 → 유산소 → 스트레칭

여기서 많은 운동 병아리의 질문이 있을 것이다.

"운동 시간은요? 시간을 정해 달라!"

운동 병아리들에게 권하는 총 운동 시간은 1시간 30분이다. 이 90분을 넘지 않는 게 좋다. 어차피 두 시간 넘게 해도 30분은 폰 보고 거울 보고 쉰다. 짧고 굵게 운동하자.

워밍업	5분
근력 운동	40분
유산소	20분(대신 빡세게)
스트레칭	10분

유산소는 30분 이상 하라고 했으면서 왜 20분만 하냐고 할 것이다. 지방은 30분이 지나야 타기 때문이다. 먼저 근력 운동으로 탄수화물을 고갈시킨 뒤 유산소를 하면 바로 지방을 사용하기 때문에 30분이 이득인 것이다. 즉, 근력 운동 후에 유산소 운동을 하면 유산소 30분을 한 후에 하는 거나 마찬가지인 것이다. 그래서 근력 운동 후에 꼭 유산소를 해야 한다.

운동할 시간이 30분밖에 없다면 당연히 근력만 해야겠다는 계산이 설 것이다. 근력 운동은 유산소보다 칼로리 소모가 훨씬 크기 때문이다. 힘들어 죽겠다 싶은 운동, 이왕이면 효과를 극대화시켜서 운동 순서를 바르게 알고 하자.

자신을 믿고 천천히 끝까지 해보자

운동을 마치고 나면 스트레칭을 꼼꼼히 잘 챙겨야 한다. 스트레칭을 하면 운동하면서 쌓인 젖산을 배출시키기 때문에 운동 효과를 1.2배 올릴 수 있다. 근육통을 완화시키기도 한다.

또한 몸이 운동의 효과를 제대로 흡수해, 내 것으로 만들고, 부상 등의 부작용을 피할 수 있게 할 뿐만 아니라 다음의 운동을 위한 컨디션을 유지할 수 있게 한다.

따라서 근육통을 빨리 회복되고 싶다면 스트레칭을 반드시 하도록 한다.

으샤!
으샤!
오늘부터 나는 운동녀다!

운동 초보,
어디부터 시작하지?
등 운동부터

운동 초보자일수록 하체부터 운동하지만 나는 거의 대부분 등과 허리 운동부터 권하곤 한다. 등살부터 빠져야 덩치가 금방 작아진다. 뱃살은 밥 먹어서 그렇다 치고, 하체나 팔은 튼실하다고 치자. 등살은 어떡할 건가. 그냥 아줌마 같아 보인다. 그렇다고 등 운동만 따로 하면 체지방 감량이 더딜 수 있다. 그래서 나 같은 경우 등에 자극이 되도록 거의 모든 운동을 변형시켜 트레이닝하고 있다.

내가 운동하는 친구들에게 자주 하는 말이 있다.

"내 몸의 앞은 자신의 눈을 위해서 하는 것이고, 뒤쪽은 남의 눈을 위해서 하는 거야!"

하루의 일과인 듯 운동하자

운동을 할 때는 잊지 말고 자신의 뒷모습도 틈틈이 체크를 해야한다.

주의할 점은 손을 들어 올릴 때 등은 바닥과 평행이어야 한다. 바닥을 딛고 있는 발이 흔들리지 않도록 무릎은 약간 구부린다. 여기서 포인트는 올바른 자세를 유지하는 것이다. 반복하는 양보다 올바른 자세를 유지하는 게 더 큰 효과를 가져온다.

1. 의자 뒤나 한쪽 옆에 선다.
2. 의자에 한쪽 손을 짚고 허리를 구부린다.
   반대편 손에는 덤벨이나 물병을 쥔다.
3. 등을 곧게 유지하면서 덤벨을 쥔 손을 팔꿈치가 천장을 향하도록
   가슴 바깥쪽으로 들어 올린다.
4. 근육을 늘리기 위해 들어 올린 손을 최대한 내린다.
5. 반복한다.

"잘하고 있어!
병아리!"

다이어터들이
가장 궁금해하는,
하체 운동

"하체 운동 하다가 다리 두꺼워지면 어떡해요. 알통 생기면 어떡해요."

다이어터 병아리들이 백 년은 이른 걱정들을 쏟아 놓고는 한다. 이런 걱정은 목표 체중에 도달하고 나서 하는 거다. 예전의 나도 다이어트 하는 데 이유가 너무 많았다. 확실히 게을렀다. 그땐 몰랐다. 내가 운동을 못하는 이유만 찾는다는 걸.

'스쿼트 하다가 다리 두꺼워지면 어떡하지?'

이런 생각을 하기 전 일단 어마어마하게 힘든 하체 운동을 하지 않아도 될 것 같은 그럴싸한 이유를 찾는 건 아닌지 먼저 스스로에게 자문해 보아라.

운동 끝나면 뿌듯한 기분, 나누고 싶어

나는 그랬다. 사실 두려운 것보다 혹시 안 해도 되지 않을까 하는 생각이 더 컸다.

자, 이제 잔소리는 끝내고 하체 운동에 대해 파헤쳐 보자. 일단 대답부터 시원하게 하면 99%는 두꺼워지지 않는다. 아주 가끔 1%의 확률로 두꺼워질 수도 있다. 그래도 지방이 빠지고 탄탄해지니까 전보다 훨씬 슬림해 보이는 효과가 있다.

근육에는 적근과 백근이라는 애들이 있다. 적근은 가늘고 긴 근육, 백근은 크기가 큰 근육이다. 예를 들면 적근은 마라토너 같은 잔근육, 백근은 단거리선수 같은 큰 울퉁불퉁한 근육이다. 적근을 만드는 운동법과 백근을 만드는 운동법은 다르나.

적근 운동 = 저중량, 고반복(15회 이상 할 수 있는 무게)
백근 운동 = 고중량, 저반복(10회 이상 할 수 없는 무게)

즉, 가벼운 무게로 15회 이상 하는 운동은 적근을 만드는 운동이기 때문에 움직일 때 살짝살짝 보이는 예쁜 잔근육이 생길 뿐 커지거나 하지는 않는다. 여자가 근육을 크게 만들려면 단백질도 엄청 꼬박꼬박 챙겨 먹고, 최소 50kg의 무게로 엄청나게 열심히 진짜 매일같이 운동을 해도 커질까 말까 한다. 운동을 하면 근육을 키운다는 게 얼마나 어렵다는 걸 알 것이다.

하체 운동 직후 허벅지가 딴딴해지면서 커지는 느낌이 들어서 겁이 날 수 있다. 그건 펌핑 효과라고 해서 근력 운동을 하면 순간적으로 혈액이 그 부위로 몰려서 일시적으로 나타나는 현상이다. 다쳤을 때 일시적으로 부어오르는 것과 비슷하다고 생각하면 된다. 시간이 지나면 나아는 진다. 그 상태로 변하는 게 아니니까 너무 걱정하지 않아도 된다.

그리고 하체 운동 뒤에 꼭 따라오는 나쁜 적이 있다. 바로 무릎 통증이다. 무릎 통증에 대해 자주 묻는 질문을 정리했다.

"하체 운동을 할 때 골반이나 무릎에서 딱딱 소리가 뼈에서 나요! 운동 계속해도 되는 건가요?"

CASE 1 통증이 있는 경우 → 운동은 당연히 중단!

앉았다 일어서거나 계단을 오르거나 심하면 걸을 때마다 무릎이나 관절에서 딱딱 소리가 나고 그 부위에 통증이 있다면 위험하다. 연골에 문제가 생겼을 수 있으니 바로 병원에 가야 한다.

의지만 있다면 날씬해질 수 있다

CASE 2 통증이 없는 경우 → 걱정 말고 하체 운동 고고!

딱딱 소리만 나고 통증이 없는 경우가 많다. 이건 걱정하지 않아도 된다. 뼈와 뼈 사이를 이어 주는 인대가 늘어나면서 소리가날 수 있다. 만약 뼈에서 나는 소리라면 서 있을 수 없는 정도의 통증이 온다. 그러니 소리는 나지만 통증이 없다면 걱정 말고 하체 운동 해도 괜찮다.

"이미 무릎이 아픈 경우에는 어떻게 해야 하는 건가요?"

CASE 1 특정 자세를 할 때만 아픈 경우

그 부위의 근육이 짧아지거나 약해진 탓이니 각도에 변화를 주거나 다른 운동으로 바꿔서 하는 걸 추천한다.

CASE 2 하체 운동이 모두 아픈 경우

반드시 정형외과에 가서 의사의 소견을 들어야 한다. 운동 시작 후 평소에도 가끔 아픈 경우가 있다. 이미 무릎에 안 좋은 습관으로 인해 무리가 많이 가서 많이 약해진 상태인 데다 갑자기 운동을 한 이유가 크다. 지금부터라도 다리 꼬기, 짝다리, 한쪽으로 자기, 딱딱한 신발이나 하이힐 신기 등은 피하도록 한다.

Tip 동양 여자를 미쳐 버리게 하는, 하체 비만을 섹시한 다리로 만드는 방법

1. 하루 물 2리터 이상 드링킹

불은 나트륨을 정화해서 하체로 몰리는 부종을 막아 준다. 나트륨은 허벅지를 뚱뚱하게 한다. 맵고 짠 음식, 사극적인 음식을 줄이고 특히 국물을 피해야 한다. 국물에 염분이 가장 많다고 한다.

2. 틈날 때마다 다리 마사지하기

3. 잘 때 다리를 심장보다 높게 하고 자기

베개를 무릎 아래 놓고 자면 좋다.

헬스장에서 눈치보지 마

4. 여러 가지 하체 운동을 병행하기

스쿼트나 런지 외에 여러 가지 하체 운동을 병행해서 한 번도 쓰지 않은 다리근육을 골고루 풀어 줘야 매끈해진다. 매트에 누워서 다리 들어 올리는 동작인 '하루 10분 주 3회 이상 L자 다리' 등 하체 스트레칭은 매일 매일 해 주는 게 좋다.

더 빠른 효과를 원하면 스쿼트보다는 점프스쿼트를, 고정런지(스플릿스쿼트)보다는 한 발씩 돌아가면서 하는 런지를 하도록 한다. 무엇이든 정적인 것보다는 유산소성으로 빠르게 하는 게 슬림해지는 데 더 좋다. 단, 운동 자세가 완벽해야 한다.

5. 생활 습관을 바꾸기

하이힐은 정말 중요한 자리에서 잠깐만 신는 게 좋다. 그리고 다리 꼬지 않기! 바른 자세를 유지해야 한다.

허벅지 살 빼고 싶으면 진심, 런지가 깡패

나는 런지로 살 뺐다고 해도 과언이 아니다. 런지해서 다리 굵어지다는 느낌이 든다면 이 글을 읽어 보길 바란다. 런지 포인트는 앞다리 구부릴 때 무릎이 발끝보다 나오지 않게 하는 것이다. 자세만 잘 잡으면 허벅지는 굵어지지 않는다. 상체가 앞으로 숙여지면 앞벅지가 굵어진다. 꼿꼿이 세워 놓은 자세를 유지하면서 터질 것 같은 느낌을 이겨 내야 허벅지는 슬림해진다는 사실. 한쪽 다리마다 10개씩 3세트부터 시작해 보자.

런지 동작은 필요한 근력과 균형 감각을 키우는 데 도움이 된다. 균형을 맞추기 어렵다면 앞으로 내디딘 발의 발가락을 약간만

안쪽으로 모은다. 그러면 비틀거리지 않게 된다. 런지를 하는 동
안 허리는 척추에 빗자루를 붙이고 있는 것처럼 똑바로 세워 바
닥과 수직으로 놓는다.

계속 발을 바꿔 가며 런지를 할 필요는 없다. 한쪽 다리로 일정
횟수를 한 다음 반대쪽 다리로 바꿔 같은 횟수를 반복하면 된다.
이렇게 해야 무릎에 무리가 가지 않는다.

1. 어깨너비로 두 발을 벌리고 선다.

2. 두 손은 엉덩이에 얹는다.

3. 왼발을 운동이나 앞으로 길게 내딛는다.

4. 허벅지가 바닥과 평행이 되도록 왼쪽 무릎을 구부린다. 이때 무릎 끝이
발가락을 넘어가지 않도록 한다.

5. 그 상태로 잠시 멈춰 있다가 다시 원래 자세로 돌아간다.

6. 오른쪽 발을 앞으로 내디뎌 같은 동작을 반복한다.

"런지!"   "런지!"

"허벅지
깡패!"   "런지!"

힙업 운동의 지존은
스쿼트

종종 힙업에 좋은 운동을 알려 달라는 요청이 많이 들어오는데 힙업 운동의 지존은 단연 스쿼트다. 나도 처진 엉덩이로 둘째가라면 서러웠는데 정말 효과 많이 본 게 스쿼트였다. 엉덩이에 아무런 느낌이 오지 않아도 모든 하체 운동은 엉덩이를 사용하기 때문에 알아서 당연히 힙업되기는 한다. 하지만 스쿼트는 홈 트레이닝의 기본이 되는 하체 운동이니 잘 기억해 두도록 한다.

스쿼트를 하는 동안 팔꿈치는 어깨 높이를 유지하고 있어야 한다. 스쿼트 자세를 취할 때 허리나 무릎에 통증이 느껴지면 반드시 허벅지를 평행으로 유지할 필요는 없으며 자신이 가능한 지

거울 속의 나에게만 집중해

점까지만 스쿼트를 하면 된다.

상체는 앞쪽으로 기울어져야 하며 어깨는 곧은 상태로 엉덩이와 일직선을 이뤄야 한다.

스쿼트 자세를 취할 때는 숨을 들이쉬고 일어서면서 숨을 내쉬도록 한다. 덤벨 말고 다른 물건을 들어 저항력을 높일 수도 있으며, 뒤로 넘어질 경우를 대비해 의자나 소파 앞에서 해도 좋다.

난이도를 높이려면 가장 낮은 자세에서 천천히 30을 셀 때까지 멈춘 다음 반복한다.

1. 발을 어깨너비보다 약간 더 벌리고 선다.

2. 두 손을 펴고 팔꿈치는 어깨 높이로 올린 자세를 취한다.

3. 등을 구부리지 않고 허벅지가 바닥과 거의 평행이 이뤄지는 지점까지 무릎을 구부린다.

4. 그 자세로 잠시 멈춘 다음 원위치로 돌아간다.

"힙업은
역시
스쿼트가 짱!"

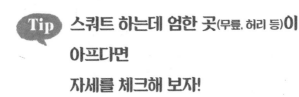

Tip 스쿼트 하는데 엄한 곳(무릎, 허리 등)이

아프다면

자세를 체크해 보자!

기본에서 크게 벗어나지 않는 범위에서는 개개인의 체형에 따라 변화해야 한다.

1. 발 넓이 체크(본인이 편한 넓이)

앉았다 일어날 때 발목이 불편하지 않은 넓이

2. 발 끝의 방향 – 동양인은 살짝 15도 정도 밖으로 향한다.

앉았다 일어날 때 무릎이 불편하지 않은 방향

오늘 운동 뭐 할거니?

3. 앉을 때 무릎의 방향 – 항상 발끝을 향한다.

무릎 위쪽(앞벅지)이 심하게 아프지 않도록

4. 앉는 깊이 – 엉덩이가 무릎의 높이보다 깊게 앉을수록 둔근에 자극이 더 많이 간다.

꼬리뼈가 안으로 말려 들어가지 않는 범위에서 엉덩이를 최대한 늘리며 앉는다.

5. 상체가 기울어지는 각도

허리나 무릎이 불편하지 않는 각도로 숙인다. 모든 자세를 체크한 후에도 허리나 무릎에 통증이 있다면 가까운 정형외과에서 꼭 체크를 받아 볼 것!

뱃살 잡아
개미허리 만들어 보세,
크런치

날씬한 허리 관리법은 사실 다른 게 없다. 틈틈히 복부에 자극을 주도록 한다. 즉, 언제나 배에 힘을 주고 있어야 한다. 그리고 물을 자주 마시는 일이 포함된다. 물은 자꾸 까먹으면 아예 알람 맞춰 놓고 틈틈히 자주 마셔야 하고, 달달한 음식은 최대한 피하는 게 좋다.

날씬한 허리를 넘어 복근을 만들고 싶다면 배부르게 먹으면 안된다. 그러다가 원래 있던 복근과도 바로 이별하게 된다.
허리운동의 기본이라 할 수 있는 크런치는 복부 윗부분을 단련시키는 운동으로, 상복부를 두껍게 만들어 준다. 운동 시 주의할 점은 근육을 수축시킬 때뿐만 아니라 이완될 때에도 복부에 긴장을 유지하는 것이 중요하다. 바닥에 누워 무릎을 구부리고 발이 바닥과 동작 간 복부의 긴장이 풀어지지 않도록 한다. 그리고 몸을 완전히 들어 올리지 않는다.

크런치는 상체를 올리는 동작에서 호흡을 내쉬며 근육을 짜는 듯한 느낌을 받아야 제대로 된 운동을 하고 있는 것이다.

1. 바닥에 누워 무릎을 구부리고 발이 바닥과 떨어지지 않도록 한다.
2. 양손을 귀에 대고 복부에 힘을 주면서 고개를 살짝 든다.
3. 어깨가 바닥에서 약 10cm 떨어지도록 등을 둥글게 구부리면서 상복부를 수축한다.
4. 상복부의 긴장을 느끼면서 천천히 몸통을 바닥으로 눕힌다. 이때 머리가 완전히 바닥에 닿지 않도록 한다.

"일어나~

상체를 드는 거야~"

다이어트 효과
제대로 보려면,
공복 운동

공복 운동은 사람마다 효과가 다른데 나 같은 경우는 완전 효과를 봤다. 체지방과 몸무게가 정말 잘 빠졌다. 바디 사이즈 줄이는 게 목적이 아니라 근육량을 늘리는 게 목적인 병아리한테는 추천하지 않는다. 잘 맞지 않는 경우는 근 손실만 생기고 하루 종일 졸릴 수 있다. 그러니 일단 해 보고 결정하는 것이 좋다.

그렇다면 공복 운동 주의 사항 잘 읽어 보고 지키면서 해 볼까? 공복 유산소 똑똑하게 하자. 공복 때는 바로 지방부터 타기 때문에 다이어트에 효과적이다. 다만 공복 운동은 30분 이내로 하는 것이 좋다. 그리고 유산소만 하기로 하자. 절대 무리하면 안 되니까. 아래는 병아리들이 궁금해 하는 공복 운동에 대한 문답이다.

살 빼면 행복해진다

하나, 공복엔 유산소가 좋다는데 뭘 해야 하죠?

유산소란 20분 동안 쉬지 않고 할 수 있는 운동이다. 스쿼트는
20분 동안 할 수 없지만 걷거나 조깅은 20분 동안 할 수 있다. 계
속 쉬지 않고 할 수 있을 정도의 강도로 하면 된다.

스트레칭이나 가벼운 유산소 운동을 추천한다. 빨리 걷기와 천천
히 조깅하기 혹은 사이클 등이 있다. 더 센 건 하지 않는 게 좋다.
근력 운동은 하나마나다. 공복에 근육 증가를 기대하긴 힘들다.

둘, 공복 운동이면 물도 마시면 안 되나요?

물은 유일하게 예외다. 공복 운동 유지할 때도 물은 마음껏 마셔
도 된다.

셋, 공복 운동 끝나고 밥은 언제 먹나요?

공복 운동이 끝나면 바로 먹는 게 가장 좋다. 한 시간 내에 뭐라
도 먹어야 좋다. 근 손실을 예방하기 위해 가장 간편한 바나나를
추천한다.

넷, 공복 운동은 왜 30분 이상 하지 말라는 건가요?

30분까지는 체지방이 잘 타기 때문에 추천한다. 하지만 그 이상은 근 손실이 일어나거나 신장에 무리가 갈 수 있다. 너무 많이 하면 득보다 실이 많다.

다섯, 공복 운동은 일주일에 몇 번이 좋을까요?

주 2~3회 추천한다. 피로가 쌓이고 심하게 할 경우 신장에 무리가 올 수 있다.

다이어트, 일단 해

살은 빠진 것 같은데
몸무게가 안 줄었다면?
인바디

운동 시작 전에는 꼭 인바디를 재 봐야 한다. 지방보다 근육이 훨씬 무겁기 때문에 몸무게로 판단하는 건 NO! 이불을 압축한다고 가정했을 때 청소기로 쭈우욱~ 공기를 빨아 내면 부피는 엄청나게 줄지만 무게는 똑같다. 그렇게 이해하면 된다.

하지만 지방이 근육으로 바뀌는 건 아니다. 지방과 근육은 다르다. 운동을 해서 살을 빼면 체지방량은 줄고 근육량이 늘어난다. 기초대사량이 올라가 먹어도 살이 덜 찌는 체질로 바뀌는 것이다. 반대로 운동을 안 하면 지방량이 늘고 근육은 줄어든다. 점차 조금만 먹어도 살찌는 체질이 되는 과정이다. 당연히 굶어서 다이어트 하면 요요 현상이 빨리 올 수밖에 없다. 한마디로 운동이 깡패, 근육이 깡패다. 다이어트 하면서도 몸무게 숫자에 민감하겠지만, 그렇다고 몸무게에만 연연하는 건 안 된다.

하체에만 해당되는 게 아니라
전신 모두 해당되는 운동법
가볍게 슬림하게 만들고 싶은 부위는
저중량 고반복
근육을 크게 만들고 싶은 부위는(빈약한 부위, 힘, 광배근 등)
고중량 저반복으로
밸런스를 맞추자

크게 만들고 싶은 부위는 10회 이상 못할 정도의 무거운 무게를 들고 적은 횟수를 반복(고중량 저반복)
ex. 등, 가슴, 어깨

슬림하고 얇게 만들고 싶은 부위는 20회 정도 할 수 있는 가벼운 무게를 들거나 맨몸으로 많은 횟수를 반복(저중량 고반복)
ex. 하체, 복부

날씬해지는 소원, 이루어질 거야

Epilogue

또 한 번의 다이어트를
다짐하는 병아리에게

병아리들아, 혹시 냉장고를 기웃거리고 있는 건 아니지? 보통 사람들이라면 겪을 수 없는 과체중인 사람들의 고백을 들려줄까 해.

하나, 백화점에서 구두를 신어 봤다가 굽이 부러져 그냥 샀다.
둘, 손발 저림은 물론이고 젊은 나이에 고혈압 진단을 받았다.
셋, 지하철에서 자리가 있어도 사람들이 자신 때문에 불편해 할까 봐 앉지 못했다.

살이 너무 찌면 예쁜 구두와 옷 포기부터 건강 악화, 눈칫밥까지 쓰리 콤보로 뒤따라와. '내일부터 다이어트'라고 미루고 과체중을 방치했다간 금세 비만이 되어 언제 건강에 빨간불이 켜질지 몰라.

우리 병아리들이 아픈 거 싫어. 한 번뿐인 인생, 날씬하고 예쁘고 건강하게 살았으면 좋겠어. 고무줄 몸무게로 살아왔다면, 나는 살을 뺄 수 없다고 포기해 왔다면 이제는 날씬하게 살아야 할 때야. 더 늦기 전에 비만과의 악연의 고리를 끊자.

다이어트는 극복할 수 없는 산이 아니야. 식단을 약간 바꾸고 출퇴근할 때 조금 더 움직여도 다이어트가 되거든. 그리고 다이어트에 성공하고 나면 건강부터 외모, 성격까지 꽤 많은 것에 긍정적인 변화가 생기기도 해.

우리 병아리들에게 도전과 용기를 주기 위해 33만 팔로워의 공감을 받은 주원 언니의 주옥 같은 멘트를 엄선했어. 다이어트하면서 느끼는 감정들. 짜증 날 때, 배고플 때, 외로울 때 있잖아. 그럴 때 어떻게 해야 하는지 슈퍼 다이어터 주원 언니의 경험이 담긴 피가 되고 살이 되는 조언도 담았어. 때로는 독설로, 때로는 다독이는 메시지가 우리 병아리들에게 위로와 힘이 되었으면 좋겠다.
거울을 바라보면 어딘가 굴러갈 것만 같은 내 모습, 이제 '안녕!' 하자.

천천히 건강하게 다이어트 하자

다이어트,
진리는
정신개조

초판 1쇄 인쇄 | 2018년 1월 23일
초판 1쇄 발행 | 2018년 1월 30일

지은이 | 김주원
발행인 | 김승호
편집인 | 서진
편집진행 | 한지연
마케팅 | 김요형, 김정현, 박솔지
디자인 | 스튜디오 미인

펴낸곳 | 스노우폭스북스
주　　소 | 경기도 파주시 문발로 165. 3F
대표번호 | 031-927-9965
팩　　스 | 070-7589-0721
전자우편 | edit@sfbooks.co.kr
출판등록 | 2015년 8월 7일(제406-2015-000159호)

ISBN 979-11-88331-19-2 (03810)
값 14,800원